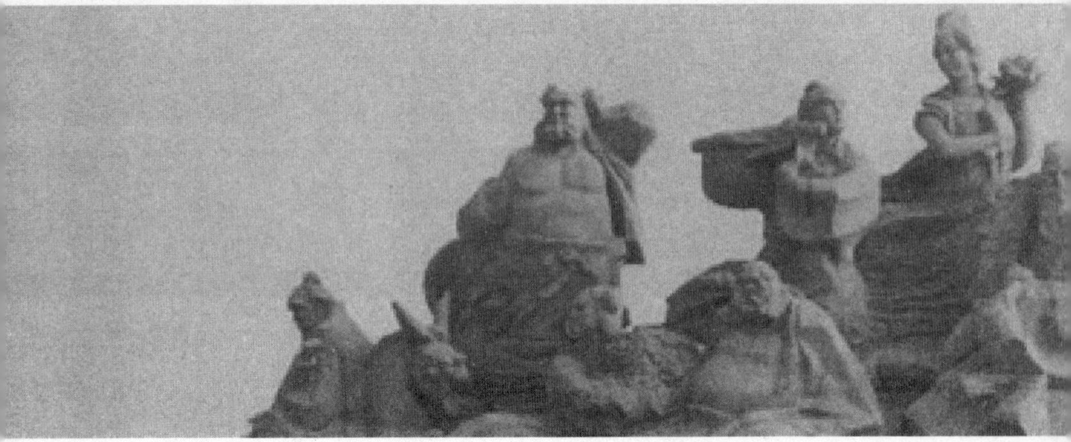

中国文化知识读本

八仙故事

主编 金开诚
编著 阎秀文

吉林出版集团有限责任公司
吉林文史出版社

图书在版编目（CIP）数据

八仙故事／阎秀文编著．——长春：吉林出版集团有限责任公司：吉林文史出版社，2009.12（2023.4重印）
中国文化知识读本
ISBN 978-7-5463-1282-8

Ⅰ.①八… Ⅱ.①阎… Ⅲ.①八仙-生平事迹-通俗读物 Ⅳ.①B959.92-49

中国版本图书馆CIP数据核字(2009)第222972号

八仙故事

BAXIAN GUSHI

主编／金开诚　编著／阎秀文
项目负责／崔博华　责任编辑／曹　恒　于　涉
责任校对／樊庆辉　装帧设计／曹　恒
出版发行／吉林出版集团有限责任公司　吉林文史出版社
地址／长春市福祉大路5788号　邮编／130000
印刷／天津市天玺印务有限公司
版次／2009年12月第1版　印次／2023年4月第7次印刷
开本／660mm×915mm　1/16
印张／8　字数／30千
书号／ISBN 978-7-5463-1282-8
定价／34.80元

编委会

主 任: 胡宪武

副主任: 马 竞　周殿富　孙鹤娟　董维仁

编　委(按姓氏笔画排列)：

于春海　王汝梅　吕庆业　刘 野　李立厚
邴 正　张文东　张晶昱　陈少志　范中华
郑 毅　徐 潜　曹 恒　曹保明　崔 为
崔博华　程舒伟

前 言

文化是一种社会现象，是人类物质文明和精神文明有机融合的产物；同时又是一种历史现象，是社会的历史沉积。当今世界，随着经济全球化进程的加快，人们也越来越重视本民族的文化。我们只有加强对本民族文化的继承和创新，才能更好地弘扬民族精神，增强民族凝聚力。历史经验告诉我们，任何一个民族要想屹立于世界民族之林，必须具有自尊、自信、自强的民族意识。文化是维系一个民族生存和发展的强大动力。一个民族的存在依赖文化，文化的解体就是一个民族的消亡。

随着我国综合国力的日益强大，广大民众对重塑民族自尊心和自豪感的愿望日益迫切。作为民族大家庭中的一员，将源远流长、博大精深的中国文化继承并传播给广大群众，特别是青年一代，是我们出版人义不容辞的责任。

本套丛书是由吉林文史出版社和吉林出版集团有限责任公司组织国内知名专家学者编写的一套旨在传播中华五千年优秀传统文化，提高全民文化修养的大型知识读本。该书在深入挖掘和整理中华优秀传统文化成果的同时，结合社会发展，注入了时代精神。书中优美生动的文字、简明通俗的语言、图文并茂的形式，把中国文化中的物态文化、制度文化、行为文化、精神文化等知识要点全面展示给读者。点点滴滴的文化知识仿佛颗颗繁星，组成了灿烂辉煌的中国文化的天穹。

希望本书能为弘扬中华五千年优秀传统文化、增强各民族团结、构建社会主义和谐社会尽一份绵薄之力，也坚信我们的中华民族一定能够早日实现伟大复兴！

目录

一、八仙过海的故事 001
二、八仙传说的起源及形象来源 015
三、八仙的故事 031
四、与八仙相关的神话传说 089
五、八仙传说对中国老百姓生活的影响 107

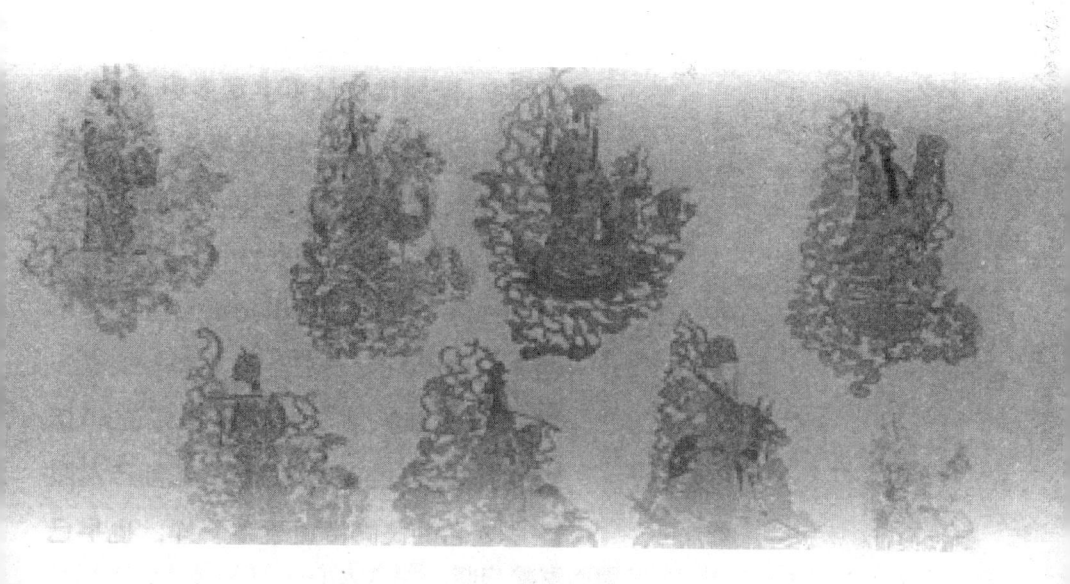

一、八仙过海的故事

山东烟台蓬莱阁

中国是一个传统文化非常浓厚的国家,民间传说故事丰富多彩。在这琳琅满目的传统民间传说故事中,八仙传说流传甚广,影响之大,与被誉为"中国四大传说"的孟姜女传说、白蛇传传说、牛郎织女传说、梁山伯祝英台传说不相上下。同时也与包公、杨家将等传说一样成为老百姓茶余饭后津津乐道的话题。经过漫长的发展和演变,八仙传说跟许多著名的民间传说故事一样,也早已跨越民间文学的界限,成为我国小说、戏剧、曲艺、电影、绘画、雕塑等文艺创作的题材,因而家喻户晓,深入人心。

八仙过海的故事

过去每年过春节都要挂年画，杨家将、穆桂英挂帅等，很多色泽艳丽的年画成为中国人庆祝喜庆节日的最爱。当然八仙过海的故事也是其中的主题，八仙的故事是源远流长的，版本也很多，我们就拿其中的一个说给大家听。

话说天宫里有一处蟠桃园，几千年才会结一次果，而且每一颗蟠桃都硕大肥美。这一天，蟠桃园里的蟠桃成熟了，王母娘娘就邀请道教的八位神仙赶赴天庭来参加这个蟠桃盛会，共享这肥美的果实。这八位神仙在人间行侠仗义，帮助百姓，很受

山东蓬莱八仙过海口

三清殿香火

百姓的爱戴。他们分别是：铁拐李、汉钟离、蓝彩和、张果老、何仙姑、吕洞宾、韩湘子、曹国舅。

八仙收到邀请后非常高兴，便相约一起去。神仙当然不能像我们一样步行，而是乘云驾雾就可以了。于是，他们便一同相约来到了东海边。只见这时的东海浪掀起老高，直扑空中，打得这几位仙人也要站不稳了，神仙们都想快点赶到吃蟠桃地方，谁也不愿

八仙过海故事在民间广为流传

意在这吹冷风,于是都纷纷跳上去准备接着赶路,可这时吕洞宾却说了:"驾云过海哪个神仙都会,这不算本事。我看咱们今天不如都拿出自己的看家本领,踏浪过海,各显神通,你们看这样好不好?"那七位神仙一听:"好啊!我们今天就比一比,就当是为吃蟠桃助兴了。"于是各位神仙就纷纷从云彩上下来,都想显示显示自己的看家本领。

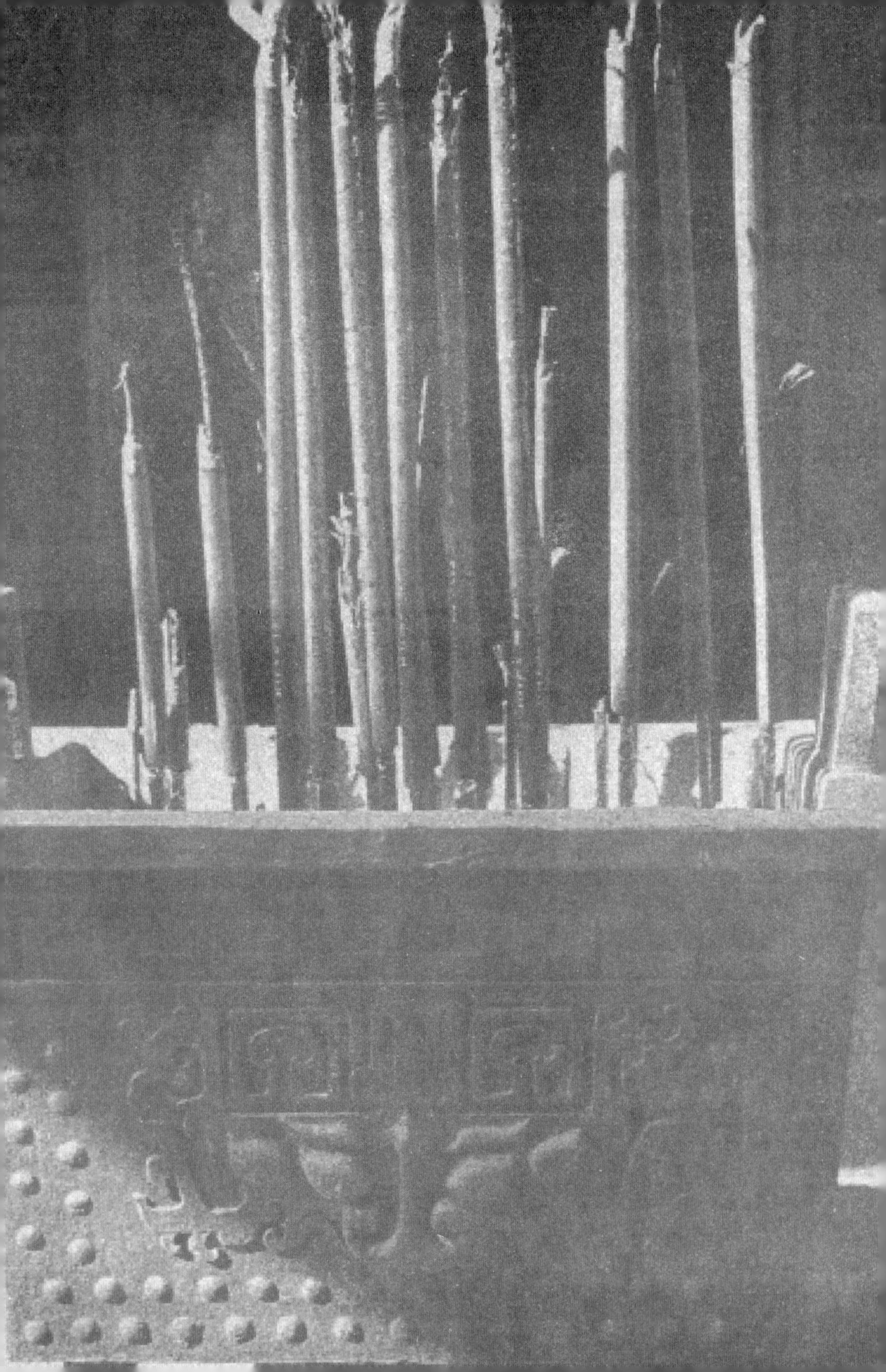

蓬莱夜景

　　要说这神仙的脾气秉性可不一样，这铁拐李看来是急脾气，没等大家准备好呢，就见他把手中的拐杖"刷"的一下扔东海里去了。眼看那拐杖一落到海里，就像一艘小船一样浮在水面上，铁拐李飞身一跃，跳上小船，小船就载着他平平安安地到达了对岸。汉钟离看着一眨眼工夫铁拐李已经到对岸了，心想我也不能再等了，就拍了拍手里的响鼓说："我来啦！"说着也把响鼓扔进了海里，他盘腿坐到了鼓上，就这样也稳稳当当地渡过了东海。眼看着两位神仙已经过去了，张果老却不以为然，他笑眯眯地说："这算什么啊，你们看我的，还是我的招数最高明。"众神仙正奇怪呢，这张果老两手空空也没什么宝物啊？正纳闷儿呢，只见张果老掏出一张纸来，三下两下就折成了一头毛驴，这纸驴四脚一落地就仰天一声大叫，没等众神仙明白过来呢，张果老便倒骑在驴背上，这毛驴便驮着张果老来到了海上，要说这纸毛驴还真是神奇，走在海面上就像走在平地上一样，张果老向众仙挥手的功夫就到了对岸。

岸上的其他几位神仙一看这情形，兴致也都来了，谁也不甘心落后，就都使出了看家本领，只见吕洞宾乘着自己的那把宝剑在

八仙过海皮影人物

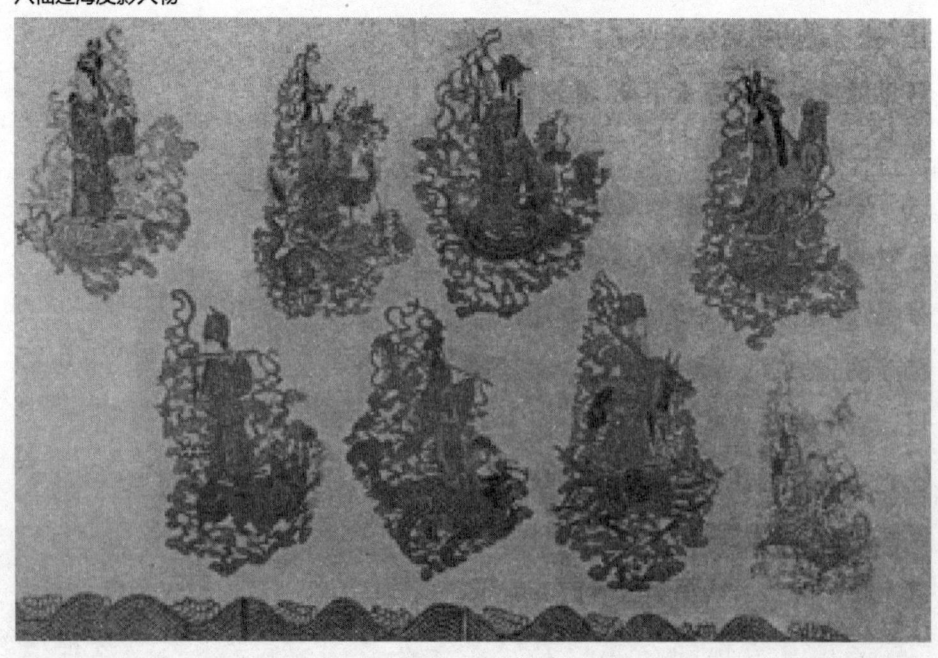

蓬莱仙境

水面上像鱼一样游着、韩湘子吹着笛子宛若天籁之音、何仙姑端坐莲花上、曹国舅踩着玉板也都平平稳稳地渡过了东海。

不知道大家看到这儿看出点儿门道没有，到现在为止，过海的神仙才七位。这七位仙人到了对岸，左等右等就是不见蓝采和的人影。刚才还在呢，他这是去哪了？

原来，刚才八仙过海时，只顾自己高兴了，没想到动静有点儿闹大了，惊动了东海龙王的太子。这太子的脾气还挺大，

湘子庙是"八仙"中韩湘子的出家之地

一气之下,就派虾兵蟹将抓走了蓝采和,还抢去了他的花篮。

王母娘娘是请八位神仙一起去赴蟠桃会的,半路上丢了一位这可怎么办?再说八仙也咽不下这口气,于是大家就去找这东海龙王要人去了。来到了龙宫,却到处找不到蓝采和,刚才说了铁拐李是急脾气,其实吕洞宾也是个急性子的神仙,没找到蓝采和他是又急又恼,对着东海就喊上了:"龙王听着,赶快把蓝采和交出来,要不,当心我的厉害!"估计这老龙王是太老了,耳朵不怎么太好用,没听到他喊,可太子却听到了,太

大英县蓬莱公园

溪流潺潺

八仙过海的故事

子听了这话后是勃然大怒,冲出海面就大骂吕洞宾。这两个人是谁也不服谁,吕洞宾看太子出来不仅不交人还大骂自己,心里的火就怎么也压不住了,拔出宝剑就砍,太子一看这阵势,就像条鱼一样一下子潜入了海底。吕洞宾这个气啊,心想,我看你往哪跑?拔出腰间的火葫芦扔进海里,这一下整个东海就都被烧成了一片火海。龙王吓得魂不附体,连忙问身边的虾兵蟹将:"这出了什么事?"太子一看这阵势再不说实话龙宫大概就要不保了,也不敢隐瞒,只得老老实实地讲出了事情的经过。老龙王听后立即下令放了蓝采和。

蓬莱八仙像

齐云山道观

就这样,八位仙人告别了东海,逍遥自在地赴蟠桃会去了。这神仙赴个宴请都能闹出这么大的动静来!这就是八仙过海的故事,在中国是家喻户晓的神话传说了。那么,八仙传说又是怎么来的呢?八位神仙又都是什么样的神仙呢?各自又有哪些奇异的故事和本领呢?让我们接下来慢慢地来讲吧。

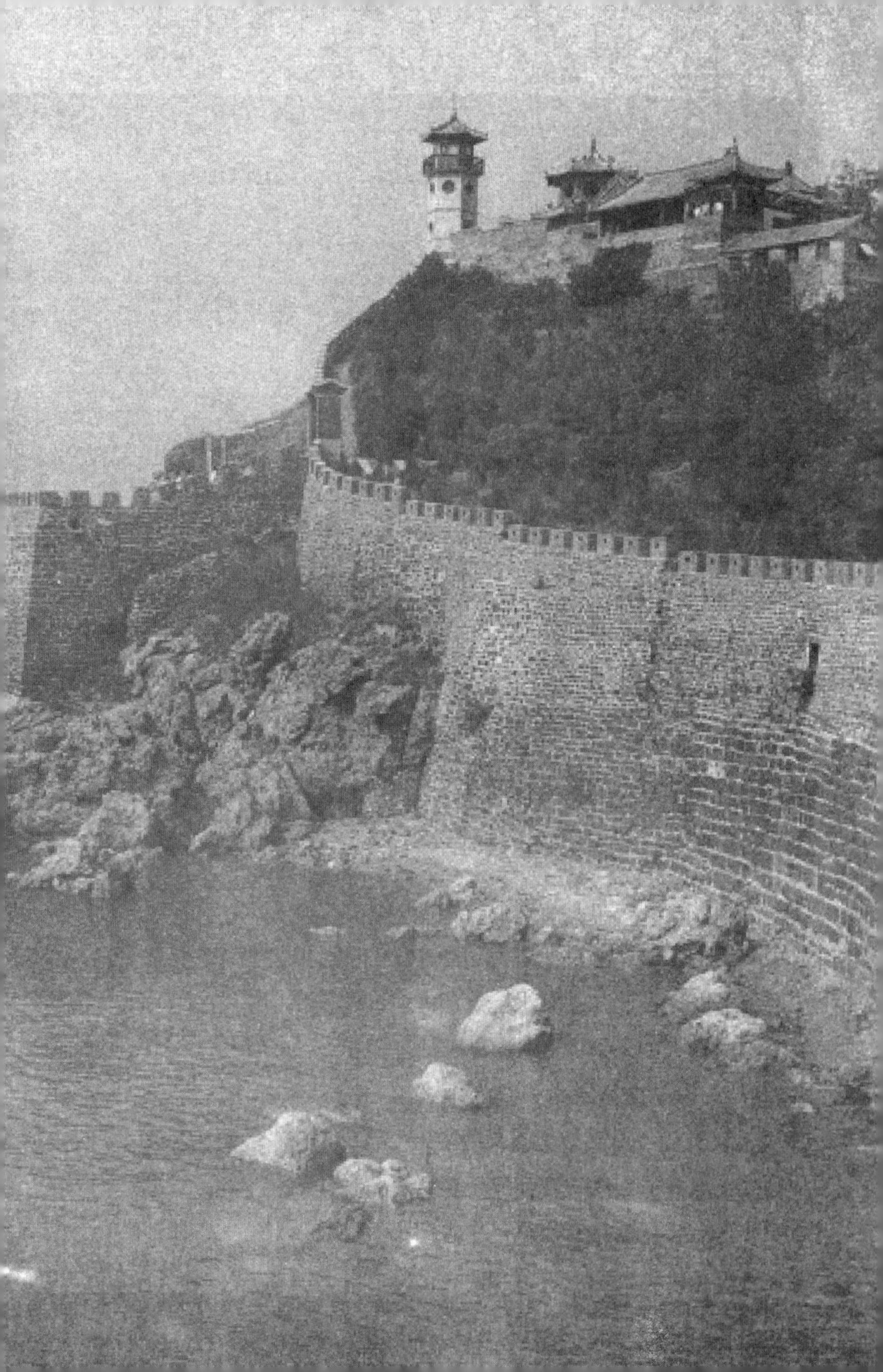

二、八仙传说的起源及形象来源

蓬莱阁附近八仙过海雕像

（一）八仙传说的起源

"八仙过海，各显神通"这个成语，在中国几乎人人皆知，人们把这个典故用来比喻各自拿出本领或办法，互相竞赛。提起八位神仙，差不多每个人都能随口说出一些他们的小故事，在中国老百姓的心中，神仙也有好有坏，也有他们喜欢和不喜欢的，而八仙就是中国老百姓喜欢的神仙，因为他们好打抱不平，惩恶扬善。那么，八仙在历史上是否真有其人，八仙的神话传说又是怎样演变的呢？

据研究，我们今天习惯用的"八仙"这个词，其实比铁拐李等八个人物的出现要早

山东蓬莱八仙岛

得多，他们认为，最早在汉代的时候就已经有"八仙"这个词了，只不过当时是说汉晋以来神仙家所幻想的一组仙人，等到盛唐时期还有"饮中八仙"，一直到了汉唐时期，"八仙"的提法还是与铁拐李、汉钟离等有名有姓的我们今天所熟悉的这八位神仙没有什么直接的关系。而我们现在公认的铁拐李、汉钟离、蓝采和、张果老、何仙姑、吕洞宾、韩湘子、曹国舅这八位神仙，大约是到了明代中期才正式确定下来的。

另外在八位神仙的确立上，也是经历了一段变化的，曾经还出现过重男轻女的现象，这可能也跟中国社会的思想相关。据赵景深

蓬莱阁仙境

八仙过海家喻户晓

的《八仙传说》中所说,在元代,甚至在明代前期,八仙究竟是哪几位,还没有一个明确的定论。在元代戏曲家马致远的《吕洞宾三醉岳阳楼》中,虽然是写了八位神仙,但是却没有何仙姑的名字,代替她的是一个叫徐神翁的神仙。而且在另一些戏剧中,有时代替何仙姑的是一个张四郎的;或者有时虽然是有了何仙姑,却又缺了曹国舅;或者有

八仙故事

"八仙过海，各显神通"

时缺了何仙姑和张果老，但却多了风僧寿、元壶子。反正总是变动，不是缺这个就是多那个，就这样一直到了明代吴元泰的《东游记》和汤显祖的《邯郸梦》问世之后，八仙才按照现在流行的人物固定下来。

那么，这八位神仙是人们凭空杜撰出来的还是有历史人物为依据的呢？在中国的神话传说中，人们往往是把神仙与生活中的人物联系起来，好像这样会觉得神仙与自己比较接近，有一种亲切感。

翻看一些史料，我们会发现，这八位神仙还是以一定的历史原型为依据的，只是在具体的与哪几位历史人物的对应上，说法一直不能统一。比方说铁拐李，有好多种说法，有说他姓李叫洪水，隋朝峡人，还有人说他原来姓刘，甚至还有人说他姓岳、姓姚等等。甚至鲁迅对这位神仙也表示出自己的兴趣，在他的《中国小说史略》第十六篇《明之神魔小说》中，鲁迅说铁拐李姓李名玄。

对于倒骑毛驴的张果老，在历史上姓甚

湘子庙源于道教

现在湘子庙的格局是始于明代

名谁人们也一直比较感兴趣。关于他的事情，早在唐代就有人做过专门的、详细的记载。说他这个人，经常说自己是尧那个时代就出生了的，是长生不老之人。因此当时的人谁也不知道他的籍贯和生年，甚至当时的武则天、唐玄宗似乎都信以为真，派使者去请他出山，出入宫廷等等。

至于八仙中唯一的女性何仙姑，虽然我们知道她能在八仙中站住脚是颇费了些周折的，但历史上对她的事迹也有记载。最早的是宋代的《集仙传》，那里面说她是唐代零陵地方的人，还有记载说她是武则天时代的

八仙及福禄寿像
山东蓬莱阁

人，出生在今天的广州增城，本就姓何。

至于那位吹箫的韩湘子，名气就更大了，按今天的说法是名门之后，有史料说他是大名鼎鼎的文学家韩愈的侄孙，曾经考过进士做过官。

如果说韩湘子是八仙中出身书香门第的话，那么曹国舅则属于出身达官显贵了。有说他是宋时丞相曹彬的儿子、曹太后的弟弟，但《宋史》当中记载曹彬的儿子、曹太后的弟是叫曹佾，而且也没有得道成仙的事。关于这位国舅爷出身的文献记载比较少，因此这位神仙到底历史上有没有其人，这个人的真实身份是什么，现在都无从得知。

除了以上几位，历史上的一些研究者对他

们的出身进行探讨外，还有人说，吕洞宾、汉钟离、蓝采和这三位是老百姓按他们的心理需要想象出来的。但也有人不同意这样的说法，认为这三位在历史上也是有案可查的。

在八仙的来历中，故事最多、分歧最大的是吕洞宾。大多数研究者认为，吕洞宾姓吕名岩，是唐代人。有说他的祖上做过大官的，也有说他考进士没有考取的，也有说他考上了进士并且当了县令的；有说他是唐朝关西地方人的，也有说他是唐京朝兆地方人的；甚至有说他活了一百多

蓬莱河运景观

岁的。

甚至关于他的字"洞宾",还有一段有趣的传说。据说他因为时局混乱,看破红尘,于是就辞去了官职带着老婆隐居去了。夫妻俩不怕艰难住在山洞中仍旧相敬如宾,因此得名叫"洞宾",这也算是一段佳话了。

汉钟离,有记载说他号和谷子,曾经遇到过一位神秘的老人传授仙诀,后为了传道上了崆峒山。也有记载说他是汉代大将钟离权,后又有人附会说他是汉代将军钟离昧,越说越悬。

关于蓝采和,大文学家陆游在《南唐书》中对他有过记载,说他是唐代末期隐士,传

西安湘子庙

重庆老君洞西大门背面的八仙祝寿图

说他盛夏穿着絮衫，冬天却常常躺在冰雪当中，而且还经常在长安闹市中带醉踏歌，自称蓝采和。到了元代，有一出杂剧叫《蓝采和》，里面却说他原名叫许坚，蓝采和只是乐名，但是没能最终确定下来。

从以上的介绍中，我们可以看到，八仙的来历，实际上历代人们都很关注，历史上已经有不少的学者给予注意和考证。但在这个过程中，由于各种原因，关于八仙的来历，意见一直不能统一，甚至有的说法明显存在牵强附会之意，我们不能全然相信。正像鲁迅在《中国小说史略》中，对八仙的故事作过评价那样，这些故事最

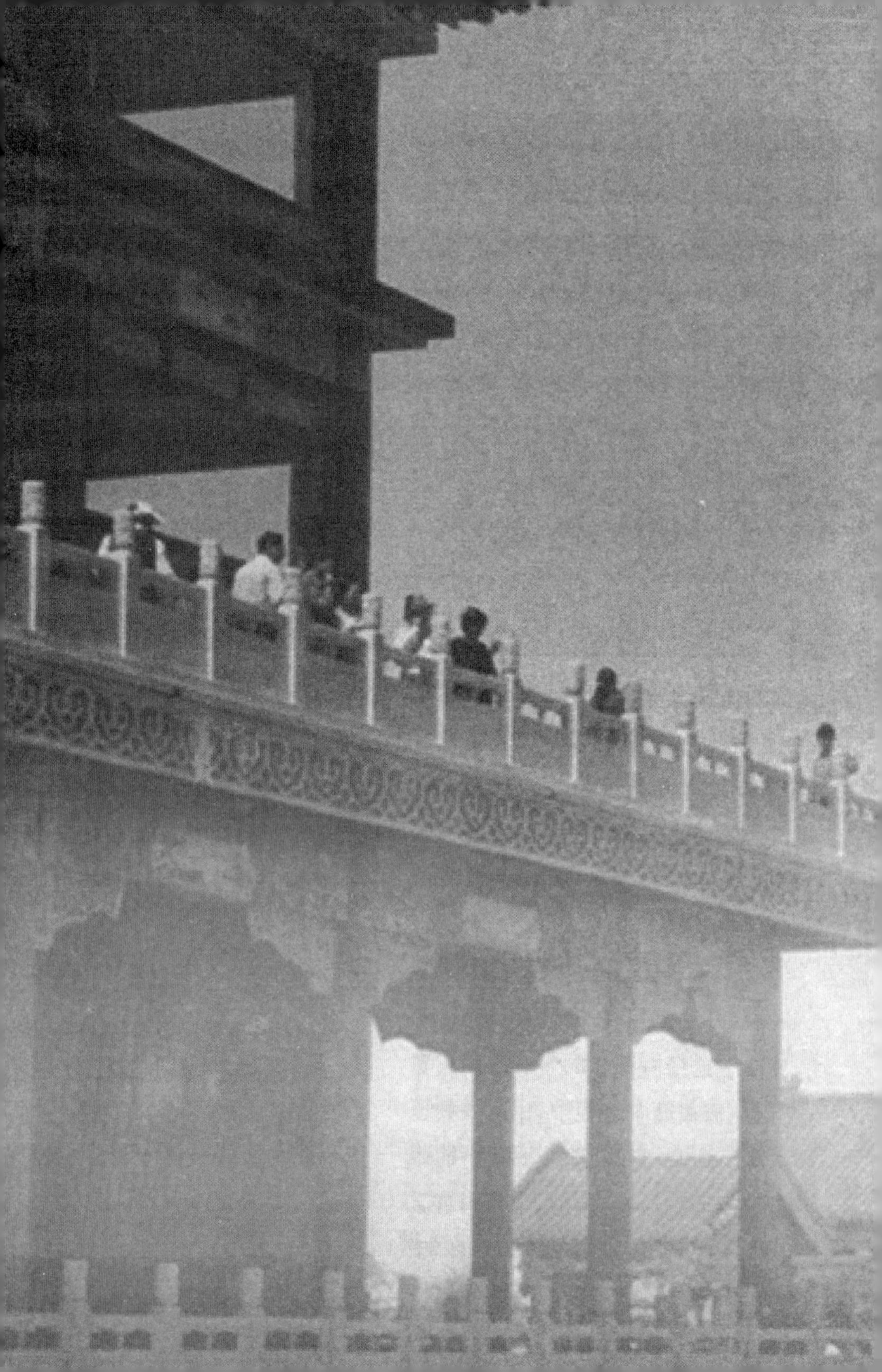

初是由流传在人们口头上的一些民间故事结集起来的，但在社会上影响很大。

（二）民间的不同说法

其实在历史上，除了我们现在大家所熟悉的八仙之外，中国历代至少还有两套"八仙"的组合，说起来也都很有意思。

最早的是六朝时代的"蜀中八仙"，也就是容成公、李耳、董仲舒、张道陵、严君平、李八百、范长生、尔朱先生八人。道教传说他们均在蜀中得道成仙，因此，谯秀的《蜀记》一书中，把他们称为"蜀之八仙"。另外，在唐代，还有八位因为都喜好饮酒而成为挚友的士大夫，他们是李白、贺知章、李适之、汝阳王琎、崔宗之、苏晋、张旭、焦遂。《新唐书》中称他们为"酒八仙人"。他们的酒友诗谊已成为千古佳话。如一仙贺知章，说他是"知章骑马似乘船，眼花落井水底眠"；二仙汝阳王琎是"恨不移封向酒泉"；三仙李适之是"饮如长鲸吸百川，衔杯乐圣称避贤"；四仙崔宗之是潇洒美少年，但也"举觞白眼望青天，皎如玉树临风前"；"五仙苏晋长斋绣佛前，醉中往往爱逃禅"；最妙的是六

山东蓬莱弥陀寺塑像

山东蓬莱八仙过海口

仙李白,杜甫说他是"李白斗酒诗百篇,长安市上酒家眠。天子呼来不上船,自言臣是酒中仙";七仙"张旭三杯草圣传,脱帽露顶王公前,挥毫落纸如云烟";八仙"焦遂五斗方卓然,高谈阔论惊四筵"。

看这八位,真是个个潇洒,才气过人,酒让他们变得更加可爱。

我们熟悉的八仙直到明代才确定下来,应该是最晚的一套八仙组合。传说八仙分别代表着男、女、老、少、富、贵、贫、贱,由于八仙均为凡人得道,所以个性与百姓较为接近,为道教中相当重要的神仙代表。中

广州陈家祠窗棂上精美木雕

蓬莱阁

八仙之一韩湘子像

国许多地方都有八仙宫,迎神赛会也都少不了八仙。俗称八仙所持的葫芦、扇子、花篮、鱼鼓、荷花、宝剑、笛子、玉板八物为"八宝",代表八仙之品。文艺作品中以八仙过海、八仙献寿最为有名。现在在西安市还有八仙宫(古称八仙庵),其主要殿堂八仙殿内供奉八仙神像。

八仙故事

三、八仙的故事

汉钟离人物剪纸

汉钟离雕像

八仙故事

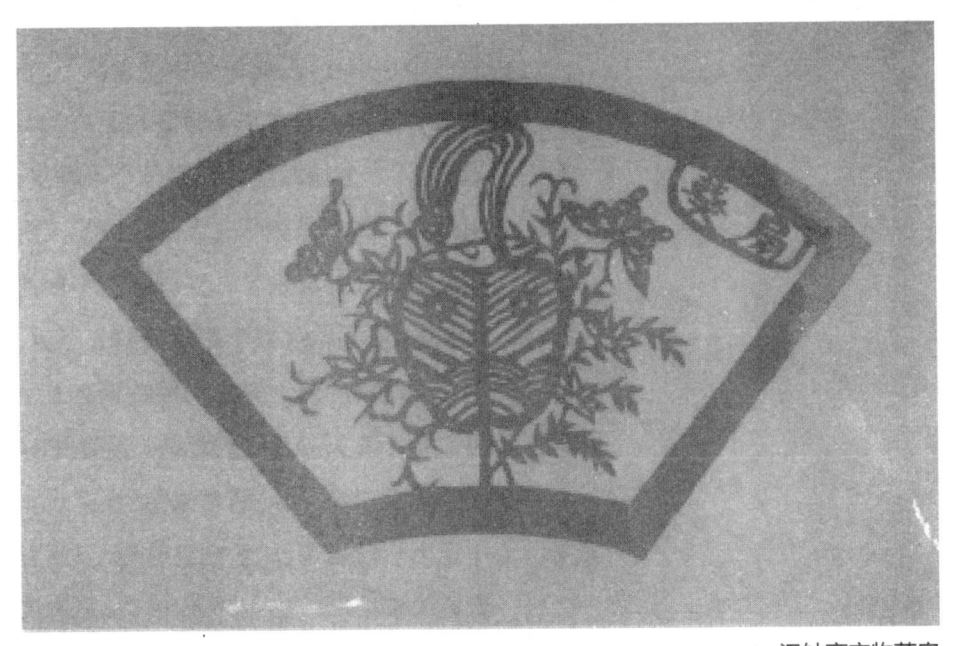

汉钟离宝物葵扇

（一）汉钟离潜心学道

汉钟离在八仙中地位较高。汉钟离成仙的传说在民间还是很有意思的，传说他刚出生时，天空中出现数丈高像烈火一样的奇异光。他生下来后不哭也不吃，等到第七天的时候突然站起来，对旁边的人张口说："我是身游紫府，名书玉京"，让在场的人吃惊不已。

出生异常的果然不是凡人，他长大后做了将军，带兵打仗。没想到他的才能却招致嫉恨，在征讨吐蕃中，他的上级怕他功高盖主，就有意识配给他三万老弱残兵，结果刚到达目的地就被吐蕃军给劫营了，这三万老弱残兵落荒而逃。汉钟离没办法也只好逃命，好不容易逃到一个小山谷，没成想却中途迷路了。吉人自有天相，正在他不知道如何是好的时候，来了一个胡僧把他带到一个小村庄，对他说："这就是东华先生的住处了。"然后就扔下汉钟离走了，汉钟离也不知道这是哪，更不知道那个带他来的人是谁，正在迷茫的时候，隐隐约约听到有人说到："竟有凡人来我住的地方，定是那绿眼睛的胡人多嘴。"话音未落，只见云雾中走出一位老人，披着白色的鹿裘，扶着青色的藜杖，真是一副仙风道骨，不等汉钟离明白呢，老人就问道："来的就是吃了败仗的汉钟离？"汉钟离听了这话，大吃一惊，心想

八仙过海祝寿壁画

这是遇上神人了，就立即上前跪拜，向神仙表达了诚心学道的愿望，老人说："你能来到这个地方自是前生道行积累的机缘了。"就收了汉钟离了。前面说过，这汉钟离出生时就与凡人不同，自幼聪慧过人，所以没过几天就学会了很多真经大法，后来汉钟离又经过其他神仙的点化，学会的仙术也越来越多，终成正果。玉皇大帝感念他在凡间所作功德，封他为"太极左宫真人"。

（二）铁拐李学道终南成正果

铁拐李学道成仙的故事说来很有意思。传说他原来长得一表人才，仪表俊伟，在终南山学道，会使导出元神法术。有一次，应师傅老

铁拐李雕像

铁拐李人物剪纸

子的邀请去华山。几天后回来时，没曾想他那具没了灵魂的尸体被老虎给吃了；还有一种说法是临走时，他跟徒弟说，我出去七天后游魂必当返回，如果到七天没有回来，你就把我的躯壳烧了就行，说完就走了。不料到第六天，徒弟的家人捎信说老母亲病危，徒弟一听便坐立不安，急着要回去看望，可师傅还没回来，徒弟左等右等，好不容易熬到第二天中午，也不见其元魂归来，无奈之下，只好将他的肉体火化，回家尽孝道去了。不久他的元魂赶回砀山洞，一看自己的肉身没有了，自己的元魂没处投靠了，好似孤鬼游魂，正在焦急之时，恰好有一个跛脚的乞丐刚死，没办法他就只好把元魂安放在乞丐的尸体中，等他站起来以后，才发觉有点不对，急忙跑到河边一照，只见水中映出一人：蓬头卷须、黑脸巨眼，并且还跛了一只右脚，模样十分丑陋。他大吃一惊，急忙从葫芦里倒出老君送给他的仙丹，一口吞下，结果这老君送的仙丹一点儿效果也没有，正在他不知所措时，突然听身后有人说道："草脊茅檐，毁窗折柱，此室陋甚，何堪寄寓！"回头一看，原来是太上老君。一听这话，他顿时觉得自己借的这副躯壳实在是太丑陋了，就想

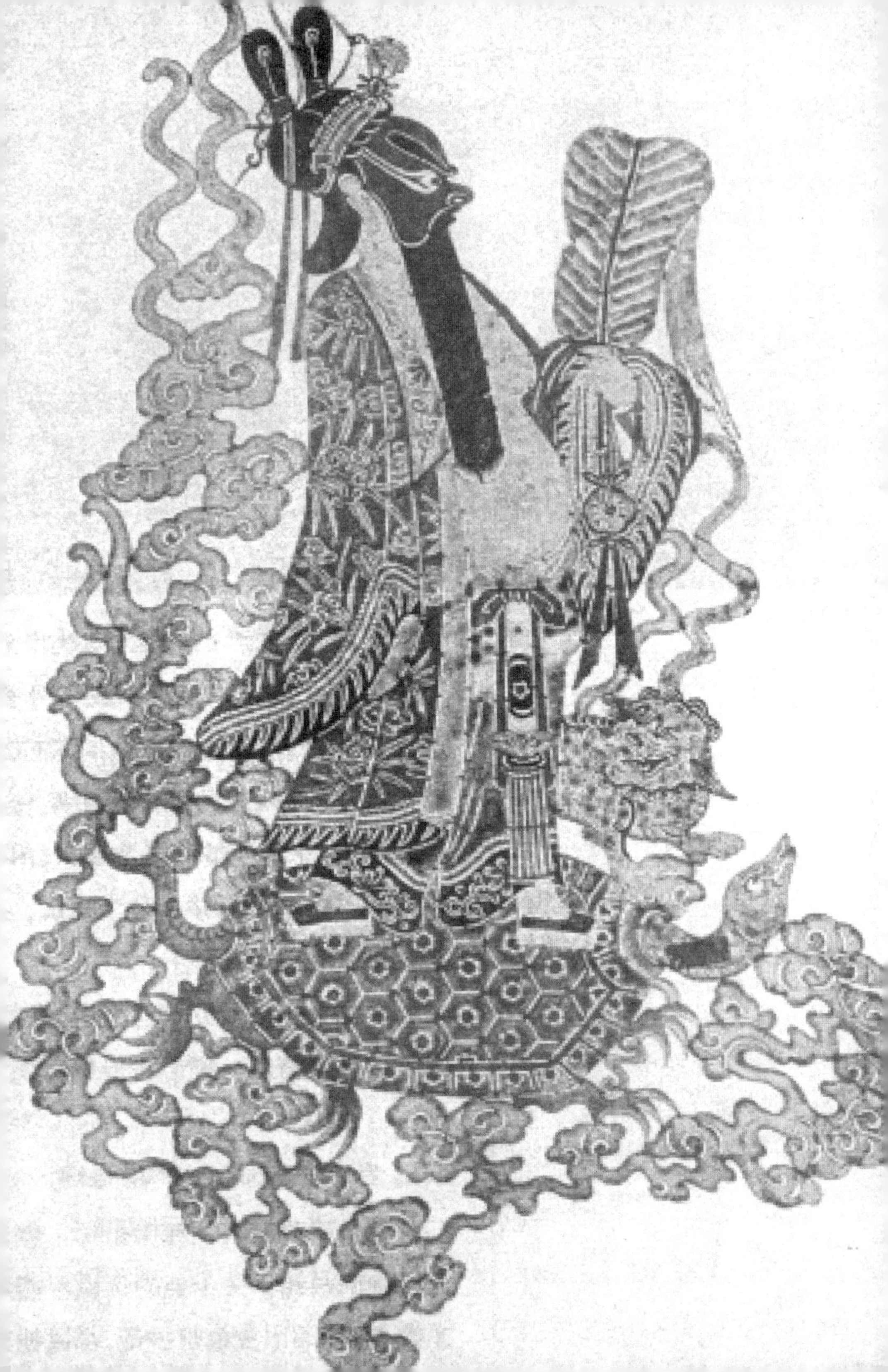

汉钟离银币

立即将元魂跳出来。老君急忙制止他道:"道形不在于外表,你这副模样挺好。我赠你金箍束你的乱发,铁拐拄你的跛足。只要功德圆满,便是异相真仙。"于是他按照老君所言,用手捂住两眼,守住魂魄,并自号李孔目。这便是世称铁拐的来历。

得到太上老君的赠予之后,铁拐李就下山重新修道,终于将借身修成了正身。

(三)吕洞宾黄粱一梦悟仙道

道教奉吕洞宾为纯阳祖师,就是世人称作的吕祖。关于他的传说可能是最多的了。他的出身也很神奇,传说他出生在林檎树下,

八仙故事

出生时异香扑鼻，空中伴着仙乐，一只白鹤自天而下，飞入他母亲的枕头便消失了，然后胎儿降生了。出身这样神奇的吕洞宾自然是气宇非凡，还很小的时候就极其聪明，被邻里称作神童。

长大后的吕洞宾，也算是一表人才，但有些奇怪的是，已经二十了却不娶妻，这在当时算作奇人了。而且吕洞宾的运气看来好像也不怎么好，考了好多年的进士却始终没有考中，这对小时就日诵万言的神童来讲，真是打击太大了。吕洞宾万念俱灰，决心不再考了，一个人出去游览一下，解解心中的烦闷。

吕洞宾雕像

吕洞宾人物剪纸

让吕洞宾自己也没有想到的是，这一次游览改变了他的命运。有一天，在长安的一座酒楼中，满腹郁闷的吕洞宾看见一位书生模样的人正在墙上题诗，吕洞宾见他状貌奇古，诗又写得很有些超脱的意思，就忍不住上前跟他攀谈起来。知道这就是有名气的仙人汉钟离了,两个人就聊了起来,聊得还真是很投机,这时吕洞宾没想到汉钟离说道:"我就住在终南山的鹤岭,你想跟我一起去吗?"这时的吕洞宾虽然向往神仙的生活,屡试不第的打击也让他挺郁闷,但毕竟还是凡心未了,所以想来想去,还是谢绝了汉钟离的邀请,没有答应。看这情形,汉钟离也知道这是时机没到,于是便说:"这样吧,你看我们也是很投缘,不妨我们一同好好游历一下长安,感受一下这长安的繁华好不好?"这话正中吕洞宾下怀,自己一个人游历也是了无乐趣,有这样一个谈得来的朋友做伴同游岂不正好?于是便

吕洞宾银币

欣然答应。

自此，两个人便整天流连于市井之中，真是个好不快活，大有相见恨晚之意，到了晚上，汉钟离和吕洞宾一同留宿在酒肆中。汉钟离对他关怀照顾得是无微不至，他累了，汉钟离就专门为他做好吃的等他醒来吃。天天这样尽兴游玩，吕洞宾仿佛真的忘记了人生的烦闷了，感觉这样的日子也真的挺好。

有一天，吕洞宾感觉累了就又自顾自睡去了，汉钟离依然在为他做饭。俗话说，日有所思，夜有所梦，虽然连日来与汉钟离在一起仿佛过得神仙一般的日子，但是毕竟他

吕洞宾的宝剑

八仙过海口牌楼

还是凡心未了，屡试不第始终让他不能释怀。所以这天，刚一睡着，就做上梦了，而且还是个美梦。吕洞宾梦见自己不仅考中而且还是状元，一时间文武百官都来祝贺，他自己也借着喜气娶妻生子，日子过得还真是红火，子孙满堂，享尽荣华富贵。可惜好景不长，忽然间不知道什么原因就莫名其妙地获了重罪，万贯家产被没收得一干二净，妻离子散，到最后孑然一身，穷困潦倒，一个人孤苦伶仃的只能站在雪地中瑟瑟发抖，真是感觉叫天天不应叫地地不灵。吕洞宾刚要叹息，却突然被惊醒，醒来后还觉得自己有点迷迷糊糊的，还在为

崂山道教法物

梦里的际遇感慨。汉钟离看到他这个样子不禁笑了。这时汉钟离做的饭还没熟,于是汉钟离就题诗一首:"黄粱犹未熟,一梦到华胥。"吕洞宾一看题诗大惊:"难道你知道我的梦?"汉钟离说:"你刚才在梦里,经历了人生的起起伏伏,看尽了人情百态,也享尽了荣华富贵,但是五十年的时光也就是一刹那呀!你得到的不值得高兴,你失去的也没必要伤悲,人生不就像一场梦么?"听汉钟离这样一说,吕洞宾觉得好像忽然间看明白了一切,于是下定决心随汉钟离赴终南山鹤岭,并最终得道成仙。

其实关于吕洞宾老百姓最熟悉他的还是

武当山道士

那句俗语，就是"狗咬吕洞宾，不识好人心"。有人解释说，这句话是狗对吕洞宾先后身着不同服饰的不同反映，是影射某些人士对贫富两种人的不同嘴脸，但这样解释的话，那又跟"不识好人心"又有什么关联呢？好像有点解释不通。其实关于这句俗语，还有另一个版本，这就是一个有意思的小故事了。

说这吕洞宾在被汉钟离点化成仙之前，有个叫苟杳的同乡，从小父母双亡，家境十分贫寒。吕洞宾看到他的状况非常同情他，两个人也是志趣相投，于是就结拜为兄弟了，祖辈留下了些家产，虽然屡试不第，但天天会客访友，游山玩水，日子过得倒也逍遥自

柴王爷雕像

八仙的故事
045

在。既然现在与这苟杳结拜为兄弟了,自然是要请到家里来住的了,而且吕洞宾还希望他能刻苦读书,以后好有个出头之日,也算了了自己心愿。这苟杳搬来吕家后,每天就是读书,二人谈天说地的,倒也过得平静。

有一天,吕洞宾家里来了一位姓林的客人,见苟杳一表人才,读书又很用功,就有意把妹妹许配给他,就把这想法对吕洞宾说了,并且问吕洞宾行不行,吕洞宾把苟杳接家来的目的就是希望他有个好前程,现在前程的事还没怎么样呢,这提亲的先来了,吕洞宾怕耽误了苟杳的前程,便连忙推托,可

吕洞宾人偶

没想到一旁的荀杳听了却动心了，就对吕洞宾说，自己想订这门亲。

荀杳这样一请求让吕洞宾有点为难，但自己毕竟只是他的结拜兄弟，再说荀杳要成亲也不是什么不应该的事，自己也不能不同意啊，想来想去，吕洞宾对荀杳说，这样吧，林家小姐貌美贤惠，既然贤弟想娶，我也不阻拦你，不过有个条件，你成亲之后，我要先陪新娘子睡三宿。荀杳一听不禁愣住了，哪有当哥哥的提这样要求的？但他实在是太想娶这林家小姐了，况且哥哥对自己也有恩，思前想后，咬咬牙还是说要娶。

吕洞宾用宝剑为当地百姓刻下的平安符

吕洞宾皮影人物

　　转眼到了荀杳成亲这天，吕洞宾是喜气洋洋，再看荀杳却不怎么高兴，好像觉得没脸见人一样，后来干脆躲到一边不露面了。等到晚上，客人都散去了，该洞房花烛夜了，新娘子披着盖头倚床坐着等新郎官。荀杳记得先前的约定，早就不知道跑哪去了，吕洞宾也没管荀杳去哪了，径直闯进洞房，进门也不说话，只管坐到桌前灯下，埋头读书。可怜那林小姐满心欢喜在等新郎官，可等到半夜，丈夫就是不上床，又不好过来叫，就只好自己和衣睡下。等到天亮醒来，丈夫连影都没有了，一连三个晚上都是这样，林小姐也没有办法只好忍着。

苟杳好不容易熬过了三天，第四天晚上早早地就进了洞房，他看见新娘子正一个人在那伤心落泪呢，心想这新娘子受委屈了，便连忙上前赔礼，林小姐一看丈夫跟自己开口说话了，便一边哭一边问到："夫君为什么连续三个晚上天黑才来，天亮就走，来了就是读书也不上床睡啊？林小姐这一问，立刻让苟杳目瞪口呆，过了好半天，他才醒悟过来，双脚一跺，仰天大笑，原来是哥哥怕我贪欢，忘了读书，用此法来激励我。林小姐被苟杳说得丈二和尚摸不着头脑，等苟杳说明经过，这夫妻两个才高兴起来，一起说道：兄长的恩情，我们将来一定报答！

八仙雕像

从此，夫妻二人夫唱妇随，苟杳读书越发地勤奋，几年后，苟杳不负吕洞宾的苦心，果然金榜题名做了大官，夫妻俩千恩万谢地与吕洞宾一家挥泪告别上任去了。时间一晃又过去了八年。这吕、苟两家倒也没什么太多的来往。

可谁知天有不测风云。这年的夏天，吕家不慎失了大火，偌大一份家产，顷刻间便化成一堆灰烬，吕洞宾只好用残留的破瓦烂砖搭了一间茅草屋，一家老小都在里面躲风避雨，日子过得非常艰难。因为吕洞宾一直没有做什么事，这场大火对于他来讲等于是

威海蓬莱

威海蓬莱

灭顶之灾了，没办法，夫妻俩就商量去找苟杳帮忙。一路上吕洞宾历尽千辛万苦，终于找到了苟杳府上，苟杳一看吕洞宾来了，立即把林小姐叫出来拜见兄长，好吃好喝地招待，那真是热情得没法形容。听说吕家遭了大火，两口子也难过得落泪，可就是谁都不提帮忙的事情，就这样一连住了一个多月，愣是一分钱也没有给吕洞宾，吕洞宾越住越觉得着急，想想家中的妻儿吃了上顿没下顿的正等着他拿钱回去呢，更是急得不得了。吕洞宾越想越生气，心想，这苟杳当官了，忘恩负义了，于是一气之下回家了。

可让吕洞宾没想到的是，等他回家时

八仙的故事

道教圣地武当山南岩宫龙头香

发现,家里盖了新房。他很是奇怪。老婆哪来的钱盖得新房子呢?他正要迈进家门,却见大门两旁贴着白纸,这就是说家中死了人了!这可让他大吃一惊,他三步并作两步跑进屋里,却见屋内当中摆着一口棺材,妻子正披麻戴孝号啕大哭呢。吕洞宾愣了半天,心想,老婆是哭谁呢?忙上前叫了一声。没想到吕洞宾的老婆回头一看,竟然吓得话都说不出来了，指着吕洞宾，哆哆嗦嗦地叫道："你，你是人还是鬼？吕洞宾听老婆这样问更不明白了，就问道："你怎么这样问呢？你看我这不好好地回来了么，怎么会是鬼呢？"听他这样说，他老婆才敢仔细地端详起来，这才认出还真是吕洞宾。

原来，在吕洞宾去找苟杳后不久，就来了一帮人来给他家盖房子，这些人来了后什么话也不说，盖完房子就走了。前天中午，又来了一大帮子人，抬着棺材进来了，只说吕洞宾在苟杳家病死了。吕洞宾的老婆一听自己的男人病死了，想都没想就哭上了。吕洞宾一听，立即明白这是苟

苏州博物馆内象牙雕刻的八仙人物像

蓬莱岛景观

杳玩的把戏。他心里这个气啊,走近棺材,操起一把大斧就向棺材劈去,手起斧落,棺材立即分为两半,只见里面金银珠宝散了一地,里面还有一封信,写道:"苟杳不是负心郎,路送金银家盖房。你让我妻守空房,我让你妻哭断肠。"吕洞宾看完信后如梦初醒,他苦笑了一声:"贤弟,你这一帮,可帮得我好苦啊!"

从此,吕苟两家倍加亲热,这就是俗话常说的"苟杳吕洞宾,不识好人心"的另一说法,因为"苟杳"和"狗咬"同音,传来传去便成了"狗咬吕洞宾,不识好人心"了。

在八仙传说中有关吕洞宾的传说是最多的,他一个人的故事大概就占了整个八仙传说故事的三分之一。这些故事基本上都是按照文人或者具有文人气质的道士的形象来描绘吕洞宾的。其中,有一小部分是说吕洞宾得道成仙之前的事的,比如我们刚刚说过的他与苟杳的传说是说他和朋友的真挚友谊,还有的故事讲述他剑的来历,还有的传说讲他修炼时的心诚志坚和对师长的爱戴。这些传说都让我们了解了吕洞宾的性格,了解了吕洞宾是和普通人一样有人情味甚至有时还很可爱,不像个神仙,倒更像个普通人。

八仙过海人物像

等到吕洞宾得道成仙后，有关他的传说，内容就相当的丰富了。在《洞山剑峰》《纯阳村》里吕洞宾降伏妖魔，为民除害；在《盗玉簪》《瑶池会》里吕洞宾对抗天庭，战王母娘娘；《吕洞宾三醉岳阳楼》《三里寺》里吕洞宾救助忠良，造福百姓；而在《云门献手寿》《吕洞宾和白鹤楼》《张卖鱼得宝》里吕洞宾又大胆嘲弄权贵，鞭答富豪；在《城隍山遇仙》《吴井水》《无理矮三分》里吕洞宾扶持正气等。总之，在这些作品里面，吕洞宾都是以一个善良、正直、潇洒、风趣的

蓬莱八仙过海口一景

重庆南岸老君洞东门侧房檐下的八仙人物像

神仙形象出现的,应该说中国的老百姓还是比较喜欢他的。但是也有一些传说中写了他的缺点和毛病,比如说他轻薄、贪馋、卖弄才华、自负和固执等,在这类传说中,吕洞宾成了船夫,村姑以及落第秀才手下的败将,神仙还不如凡人高明。

其实吕洞宾原本是一个名不见经传的普通人物,但在民间长期流传中,他的故事却越来越丰富,这在一定程度上反应出中国老百姓的一个心理偏好,人们也是把自己的意愿和生活情趣寄托在他的行为上,

蓬莱远眺

这样才有了我们今天看到的吕洞宾的形象。

那么我们回过头来总结一下有关吕洞宾的传说，我们会发现，民间流传的吕洞宾传说有三个显著特点。一是儒、道、佛三教交融。吕洞宾修习法术，得道成仙，这是道教出世思想的表现。而他成仙之后却以"度尽天下众生"为己任，这又体现了儒家"兼济天下"的入世思想。而那长生于人世、乐于施舍的所作所为，又是佛教思想的反映；二是不断增加世俗化内容，如吕洞宾时常出现在酒楼、茶馆、饭铺等吃吃喝喝，到处留下仙迹。他还放浪形骸，不拘小节，好酒能诗爱女色，所谓"酒色财气吕洞宾"，又有关于"吕洞宾三戏白牡丹"的故事广泛流传，中华人民共和国成立后甚至有同名影片拍摄（白牡丹为当时名妓），从这可以看出，这些传说都是广为人知的，这些世俗生活内容，不但没有使吕洞宾的神仙形象受到丝毫的影响，相反却使吕洞宾这位仙人更富有人情味，赢得了百姓喜爱；三是与文人传说相结合。吕洞宾修行出走之前的儒者经历，以及他饮酒、赋诗，追求山林的情趣，更适应了中下层文人的口味。在故事流传过程中，符合了许多文人传说

铁拐李的宝物——葫芦

因素，使他同时成为失意知识分子形象的神仙代表。这些特点也使得吕洞宾这个神仙的故事就像滚雪球一样越滚越多，因为不同阶层的人们都喜爱他，所以人们也就更愿意借助于他这一形象附会出更多的故事来。

（四）何仙姑食云母长生不老

何仙姑的形象是一位手持荷花的美丽女子，也有人说，因为她持荷花，所以才谐音为何姓。何仙姑在八仙中站住脚是很不容易的事，她是八仙中唯一的一位女性，关于她的身世现在有很多种说法。浙江，安徽，福建等地都说何仙姑是本地人，也有的传说她

何仙姑像

何仙姑人物剪纸

是一户何姓人家的女儿，在路上遇到一位仙人，这位仙人给了她一个仙桃（也有说是一枚仙枣），何仙姑吃了之后就成仙了，成仙后的何仙姑不知道饥饿，而且能预知祸福，并且身体非常轻盈，善于飞行；也有一种说法，说她是吕洞宾的弟子。说何仙姑十三岁时遇到了道士吕洞宾，吕洞宾见她有仙缘，就前来点化她。后来吕洞宾还传给她修身之道，又送给她金丹服用，还拜见汉钟离，带她去蓬莱仙境参拜东王公、西王母。何仙姑经过吕洞宾的点化，更加静心修炼。

民间还流传着药农向何仙姑请教草药知识的故事。传说有一个在天台山采药的药农，

广州陈家祠何仙姑雕像

八仙故事

在山中采了几十年的草药，但是，满山遍野的草药中，他认识却不多。听说何仙姑是有名的药仙，住在山上桃源洞里，便翻山越岭，攀藤援岩地去拜见何仙姑，当他爬上四五十丈高峭壁上的一个山洞里时，果然看见何仙姑在和一个道人下棋。他耐心等到日落西山，两位仙人下完棋，回首看见他，何仙姑问他，这药农才敢说自己是来向何仙姑请教辨认药草的。何仙姑看他这样虔诚便带药农走出山洞，药农看见不少奇花异草，都是名贵的草药，仙姑教他一一认识后，将草药结成马，用草马送药农回去。后来药农就将从何仙姑那学来的药草知识，传授后人，所以至今天，天台山才有千百种叫得出名字的草药。

　　还有的传说把何仙姑说成了一个反对父母包办婚姻的烈女。说她的父母为她找了个姓冯的婆家，何仙姑发誓说不嫁人，于是就跳进家门前的水井里面去了。她投井时只穿着一只鞋，还有一只鞋留在井台上，人们怎么打捞也找不到尸首。后来，她的尸首却从福建莆田的江河里漂出来，原来那井与河是相通的，这在当时被传为奇案，于是便有了何仙姑"登仙"的传说。

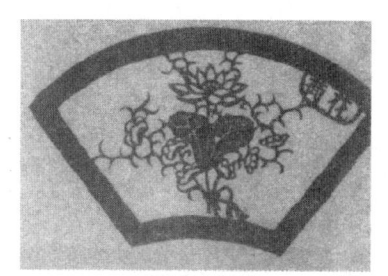

何仙姑的宝物——荷花

另外还有人传说，说莆田的县令调往增城任职的途中，船舵后方一直有个女尸逆水追随，说这个跟着的女尸就是何仙姑的真身。当然，这是迷信的说法，是不能相信的。

何仙姑皮影人物

何仙姑是八仙中唯一的女性

（五）蓝采和行乞乘鹤去

前面我们说过，八仙中有的神仙都是由生活中的某个原型演变而来的，但从可以查到的资料来看，仅能找到其中七仙的历史背景，唯独蓝采和不知是哪个时代的人，家籍何处。蓝采和成了八仙中唯一无祖籍、无出生时间的神仙。因此，我们不能确定他是哪里的人。但是他的行为却是

八仙的故事

蓝采和

很怪异的,其实就是一个叫花子形象,传说他经常穿着破烂的衣服,带着六寸的腰带,一只脚穿靴,一只赤足。热天时,他总在破蓝衫里面加穿棉袄,还说很冷,你看他也的确是冻得直发抖;数九寒天时,他却只穿一件薄薄的衣服,躺在雪地中却还要喊热,看他喘出的气还真像那蒸气一样。每次在大街上讨饭,手持大拍板,长三尺多,喝醉了就唱歌。老的小的都看他唱歌,唱时好像是发狂,但又不是。歌词随意,想到哪唱到哪,反正歌中内容都是劝人看破世情,功名利禄如浮云这一类,而且变幻莫测,也没有多少人认真听。每次唱完,他就把讨来的钱用绳子串着拖着走，就是掉了也不管不顾。有时看到穷人就把钱随手给出去，有时有点钱就跑到酒肆中去喝得大醉。据说，有人在自己还只是个孩子的时候就见过他，等到自己老了的时候再见着他，蓝采和的容貌竟然与小时候一模一样，一点变化也没有。后来有人看见他在酒楼上饮酒，听见有笙箫的声音，忽然就乘着鹤飞上天空，慢慢地升上天去了。但是等到了元杂剧《汉钟离度蓝采和》中，却说蓝采和是艺名，真名叫许坚，在勾栏里唱杂剧，在他50岁时，在为一户人家做寿唱戏时不知犯

蓝采和雕像

了什么错,被官府扣打,被汉钟离度化成仙。可以说,蓝采和是八仙中最具神秘色彩的一位了。

(六)曹国舅悟道终成仙

在八仙中,曹国舅的出身可谓显赫,相传他是宋仁宗时的大国舅,名佾,也叫景休。据传说他得道成仙还有一段故事。据说曹国舅有一个弟弟,他这个弟弟可真够得上是作恶多端了,一次他看上了一位秀才的老婆,就趁秀才赴京应试绞死了秀才,强行霸占了秀才的老婆。秀才死后,他的冤魂跑去向包拯申诉,包公一听,岂能让这无法无天的坏人逍遥下去,于是立即查办。听到包公要查

蓝采和人物剪纸

蓝采和的花篮

办的消息，这曹国舅马上给弟弟出了个主意，让弟弟一定要将秀才的老婆杀死以绝后患。于是，这个当时大宋朝的二国舅就把秀才的老婆给扔井里去了。也是老天有眼，秀才的老婆没死，二国舅走了后她自己又爬上来了，捡了一条命。可没想到的是，这秀才的老婆往回跑的路上偏偏遇上了曹国舅！而且更要命的是，她把曹国舅误当做是包拯了，就向曹国舅申诉上了，这曹国舅一听大吃一惊，忙令手下用铁鞭打死秀才的老婆。要说这秀才的老婆也真是命大，曹国舅手下这些人一顿铁鞭下去，满以为她一个女人家必死无疑了，就把她的尸首扔到一条偏僻的小胡同里扬长而去了。

曹国舅雕像

秀才的老婆醒了之后，找到了真包公，向包公叫冤，包公详细问明真情后想到这两个国舅胆大包天，看来直接审问不一定能有效果，真的惊动皇上就不好办了，也许秀才夫妻二人的冤情就真的不能得到申诉了，看来来明的不行，得用点计策。于是包公就对外宣称自己生病了，一切公务都办不了了。曹国舅听说包拯病了，心想，这好啊，有病了就办不了案了，而且也正好可以借此机会去探一下究竟。包拯看曹国舅上门了，就让秀才的老婆出来诉说自己的冤情，曹国舅哑口无言，乖乖地被包公监禁。拿下了曹国舅，包公又设计将二国舅骗来开封府，再次让秀才老婆出来陈述冤情，这样又将二国舅打入牢中。听到两个国舅都被包公打入牢中，曹皇后不干了，就拉着宋仁宗来找包公要人，让包公放了她的两个弟弟，包公不仅不答应，还下命令将二国舅处决。后来宋仁宗大赦天下，包公才将曹国舅放行。

曹国舅被放后，进山修行去了，从此遁迹山林，一心修道学仙，有一天，汉钟离和吕洞宾问他说："你所养的是什么？"曹国舅说："我所养的是道。"两位仙人又笑着问："道在哪里呢？"曹国舅指着天说："道在天。"两位仙人又问了："那天在哪儿？"曹国舅指着心。汉钟离和吕洞宾满意地说："心即

曹国舅宝物——阴阳板

天,天即道,你已经洞悟道之真义了。"于是给了他一本《还真秘旨》,让他精心修炼,从此曹国舅就对着书整日潜心钻研,没多久,真就成仙了。

(七) 韩湘子吹箫度韩愈

据说他原来叫韩湘,是唐代大文学家、刑部侍郎韩愈的侄孙。说他一生下来就是一副仙风道骨相,一看就与凡人不同,而且他从小就厌倦奢华,喜欢恬淡的生活,什么佳人美女全然不动心,不管是美酒还是佳肴,都不能让他沉迷。他热心的就一样——道家的修炼之法——黄白之术。

传说有那么一天,韩湘子外出访师,恰巧就遇见了吕洞宾和汉钟离,于是便弃家随二人学道去了。后来到了一处地方,见仙桃红熟,他就爬上树去摘桃,结果桃枝断了,韩湘子重重地摔到地上死了,就这样他就成了神仙。

韩湘子成了仙人以后,没有忘记他的那位大文学家叔叔,就想要度韩愈也成仙,但是他知道韩愈从来就不相信什么佛啊道的,就决定先用法术打动他。正巧那年天大旱,皇帝命韩愈到南坛去祈雨雪,祈祷好久,也

曹国舅人物剪纸

曹国舅皮影人物

没有雨雪降落,眼看就要丢官。这时,韩湘子就变成一位道士,当街立了一块招牌,上面写着"出卖雨雪"。招牌刚一立出来,有人就把这个消息报告给韩愈了,韩愈一听,还有这样的好事?就让人快快去请这个高人来祈祷。道士被请来后就登坛作法,不一会儿,天降大雪。看着这漫天的大雪,韩愈有些不敢相信,就问道士说:"这雪是你求下的,还是我求下的?"这个道士非常干脆地回答说:"我求下的。"韩愈想,我也求了好多天了,凭什么就说是你求下的,于是就又问:"你有什么凭据能证明

韩湘子雕像

是你求下的?"没想到这个道士说:"平地雪厚三尺。"韩愈一听立即派人去测量,果然雪厚三尺,心里这才有些服气。

说到韩湘子度化韩愈一事,所传说还和诗有关联呢。当初韩愈做刑部侍郎时,宾客盈门,朋僚宴贺。韩湘子劝韩愈弃官学道,韩愈则劝勉韩湘子弃道从学,两个人是谁也说服不了谁。这时韩湘子就用直径只有一寸的一个小葫芦与酒席上所有人对饮,结果那么小的一个葫芦却怎么也饮不尽。然后他又用一个盆装上土,开花两朵,花上有金字对联:"云横秦岭家何在,雪拥蓝关马不前。"这事过去了也就过去了,时间一长韩愈也就

韩湘子的宝物——笛子

韩湘子银币

忘记了。

当时唐宪宗信佛,有一回西番派和尚给他送来佛骨,宪宗就想将佛骨迎进宫,诸大臣谁都不敢说半个不字,这时只有韩愈上书劝阻,韩愈认为佛骨是异端不祥之兆,绝对不能迎进宫。宪宗一听大怒,就把韩愈贬到潮州,并且规定他必须立即启动程不得耽误。没办法,韩愈只得往南走去上任,可是走了没几天,就见乌云四起,寒风刮来,大雪纷纷扬扬地就下来了。没有多久,大雪就深达数尺,路已经辨认不出来了,马也不能往前走了,环顾四周连一户人家都没有。想要退回去,大雪又埋了来路,真是进退不得啊。

韩湘子皮影人物

正在这饥寒交迫之际，忽然有一个人冲寒开路，扫雪而来，等到近前才看清，来的人正是韩湘子。韩湘子走上前来问韩愈："您还记得当年花开时的诗句吗？"韩愈问：这是什么地方？"韩湘子说："蓝关呀。"韩愈叹息良久说："世事这般的有定数，我将从前的句子补成一首诗吧。"

二人收拾收拾就住进蓝关传舍，韩愈从此相信了韩湘子的预言并非没有根据的乱说。晚上睡不着，两个人就又说起了以前的事，说到了修道之法，这次韩愈是心悦诚服。可是没想到韩湘子又作了预言，说"公不久

韩湘子人物剪纸

即西归，不惟无恙，并将复用于朝"。这意思就是说，你用不了多久就会回去的，这次被贬，不仅身体不会受到一点点的损害，而且回去后还会被朝廷重用的。韩愈就问，那我们下次什么时候可以再相见啊？韩湘子却含糊其辞没有明确答复，据说最终韩湘子度韩愈成仙而去。

（八）张果老不死之身倒骑驴

据《唐书》记载，历史上的确有这个人，说他原本是民间的江湖术士。居山西中条山，自称自己生于尧时，有长生不老之法。唐太宗、唐高宗都多次征召他入宫，被他婉言谢绝。后来武则天也召他出山，他就在庙前装死，当时正值盛夏，不大一会儿，他的身体就腐烂发臭了。武则天听了之后想，这哪是什么神仙啊，何况人已经死了，这事也就只好作罢。但据说，不久之后就有人在恒山的山中再次见到他。这是关于他成仙的说法。其实除了这个说法外，关于他的长生不老，还有很多小故事，只不过这些小故事

张果老倒骑驴雕像

张果老银币

都与当时的皇帝有关。比如说有一次,唐玄宗问他:"先生你是得道之人哪,为什么还头发稀疏干枯,牙齿也都缺了不少,一副老态龙钟的样子呢?"张果老说:"我只不过是有一大把年龄而已,也没有什么道术可炫耀的,所以才变成现在你看到的这副样子,实在令人羞愧啊。不过今天如果我把这些疏发干枯的头发和残断的牙齿拔去,不就可以长出新的吗?"于是张果老就在殿前拔去头发,击落牙齿,唐玄宗一看这阵势就有点害怕了,忙叫人扶张果老下去休息。可没想到过了没一会儿张果老回到殿上,果然容颜一新,青

张果老的宝物——鱼鼓

鬓皓齿。于是当时的达官贵人们都争相拜谒，求教返老还童的秘诀，但都被他拒绝了。

　　传说还有一次，唐玄宗去打猎，捕获一头鹿，此鹿与寻常的鹿相比，没有什么不同，只是个头稍有些大。厨师刚要宰鹿，张果老看见了，就连忙阻止说："这是仙鹿，已经有一千多岁了，当初汉武帝狩猎时，我曾跟随其后，汉武帝虽然捕获了这头鹿，但后来把它放生了。"唐玄宗说："天下之大，鹿多的是，再者说了，过去了这么长的时间，你怎么就知道他就是你说的那头鹿呢？"张果老说："当初武帝放生时，用铜牌在它左角下做了标记。"唐玄宗一听忙命人查检,果然在它的身上有一个二寸大小的铜牌,只是字迹已经模糊不清了。玄宗又问:"汉武帝狩猎是哪年?到现在已经有多少年了?"张果老说:"至今有852年了。"唐玄宗忙让人去核对,果然一点不错。

　　据说,张果老有一个怪癖,平日他倒骑着一头白毛驴,能日行万里,当然这驴子也是一头"神驴",不骑的时候,就可以把它折叠起来,放在皮囊里。咱们在前面说过了,八仙过海的时候他就是用纸叠的毛驴,过了海后又收起来了。

张果老木雕

张果老倒骑驴剪纸

可是这张果老放着好好的毛驴不正经骑着为什么非要倒着骑呢？

原来张果老生性好强，总是愿意与别人打个赌取个乐什么的，而且因为他是神仙，凭借仙术每次都能赢，这样一来他就有点骄傲，每次赢了就得意洋洋地骑驴而去。可天下没有常胜将军，即使是张果老也一样。这一天，张果老骑着毛驴儿又到处闲逛，不知不觉就逛到了小河边，河边正在修建石拱桥，主持修桥的工匠师傅是鲁班的第一大徒弟——赵巧儿。偏偏这赵巧儿和张果老有同样的喜好，就是爱和人打赌，争个高低输赢，这时正在桥上忙碌的赵巧儿一抬头远远看见张果老骑着毛驴儿向这边走来。这赵巧儿天天对着一堆石头正觉得没意思呢，见这张果老过来，不知不觉就动起了心思，于是他拿起长尺来到桥东头等候张果老。不一会儿张果老来到桥头，他把酒葫芦盖住口儿挂在腰际的衣钩上。赵巧儿迎上前去作揖问了个好之后，这才开口对张果老认真地说:"咱是先说响，后不讲。吃挂面不调盐（言），有言在先。前辈你老人家名声在外，每赌必赢，天下有名的第一赢家。今天咱叔侄俩打个赌，言而有信天地作证。如果你老人家赢了，我不再拜鲁班爷为师，放下手中的这长尺回家种田去；假如在下我赢了大仙，那就对不起了，你老倒骑驴儿从原路上回去。君子一言，驷马难追，请问前辈意下如何？"

张果老也正是逛得百无聊赖呢，见有个后生不知天高地厚地要跟自己打赌，不由得哈哈大笑起来，心想，这赵巧儿你还真是初生牛犊不怕虎啊，竟敢跟我这神仙打赌比试高低，你这不是不知深浅么？就是你把你师傅鲁班爷请来我都不在乎，何况你赵巧儿呢？想到这，张果老漫不经心地答道："我还忙着呢，要回山去采药，

山东蓬莱阁风光一景

时令不等人啊。要打什么赌就快打吧，不过输了不要后悔，你可一定要说话算数啊！"

赵巧儿见张果老答应了，心里不由得一阵窃喜，他装作很恭敬的样子又上前深深作了一个揖，这才指着河对面三座郁郁葱葱的青山说："前辈想采药，河对面山上全是药材，那就请您屈尊下驴来，把那三座药山挑过桥去，不知道这个赌前辈有没有兴致，愿不愿意打？"张果老看了看河对岸的药山，又回过头来看了看眼前尚未完工的桥，他这才对赵巧儿说："你这桥只有拱桥礅，没有石板铺桥面，老夫担着药山怎么过呀？那你就把

八仙过海图

湘子庙

桥修好了再打赌吧！"赵巧儿抓住驴缰绳对张果老认真地说："嘿……这不是小事一桩嘛，这桥是座神仙桥，我师傅早就封了。这样吧，我拿手中的长尺给您铺桥面，既平坦又宽敞，这可以过了吗？"张果老心想你赵巧儿真有这本事可就好了，竟然敢在光天化日之下卖弄本领，你能拿长尺搭在桥上铺面，那我就能凭一身本事过去，他得意地哈哈大笑起来，边笑边说："后生可畏啊，不愧是鲁班的得意门生，艺高胆也大呀！就这么定了，我要担着三座药山从桥上过啦！咱叔侄俩那就玩一玩，让你开开眼界见见世面也好！"一听张果老答应打赌了，

张果老的修仙之处

这赵巧儿才松开手中的驴缰绳,一个箭步冲到桥对面,只见他把手中的长尺平放在桥上边,一座平展展的石拱桥立即出现在天地间。张果老跳下毛驴儿施展仙术,果然把红崖河对面的三座山挑在一条担上,他很自信地挑起来,担着药山向桥那边走去,当走到桥中间时,赵巧儿出其不意地将手中的长尺使劲儿往上一折,长尺形成了九十度的直角,扬起的尺子打在张果老的鼻子尖上,全神贯注施展仙术的他惊得向后退了一步,又站在了原地,正当他一愣的关头,赵巧儿也急忙施展法术将担子上的三座药山移到河对岸的原

山东蓬莱仙阁远眺

处,张果老挑着空担子傻站在那里一动不动,霎时羞得满脸通红,心里虽然颇为不服气,但按约定又只能认输。

正当张果老沮丧的时候,鲁班出现在张果老和赵巧儿面前,他急忙给张果老赔了个不是,从赵巧儿手中接过折尺看了看说:"徒儿你出师了,这折尺就叫赵巧儿三角尺吧!你还站在这里等什么呀,还不赶快到海那边的东瀛岛去?"赵巧儿领命后,向师傅和张果老分别行了礼,拿起折尺朝东方走去,张果老看着赵巧儿远去的背影又长叹了一口气,他知趣地倒骑着毛

八仙的故事

蓝采和皮影人物

驴儿追赶赵巧儿去了，鲁班回过身来替徒弟修桥。

四、与八仙相关的神话传说

蓬莱城内景观

（一）苏东坡访八仙

虽说苏东坡是北宋人，八仙神话形成于元明时期，但不知道是老百姓太喜欢八仙还是太喜欢苏东坡，蓬莱编出个苏东坡访八仙的传说出来。

传说苏东坡在登州做官时，想拜访八仙，但不知道到哪儿去找。打听来打听去，才有个须发皆白的老头告诉他，每年三月初三，八仙都要到蓬莱阁上聚会，至于能不能见着他们，就要看缘分了。到了三月初三这天，一大早，苏东坡就上了蓬莱阁，东游西逛可就是没见着八仙的影儿。百无聊赖地到了显灵门，见两老翁下棋，一红脸，一黑脸，都年过八十，须发尽白。红脸老翁见苏东坡来就招手请他做裁判。苏东坡才高八斗，可近前一看棋局，目瞪口呆，懵然看不懂棋路。为免得丢脸，借口有事推辞。红脸老者见状对苏东坡说："你要找的人今天一准来，我们在这儿也是等他们的。反正闲着也是闲着，你就不必客气了。"苏东坡一听诧异不已：他怎么知道我是来找人的？老翁不是寻常人，听他的话没错。于是安下心来静观棋路，慢慢看出点儿门道，也不多想什么了。不知过了多久，走过来一个老乞丐，老远就招呼下棋的老翁："老

铁拐李在民间被认为是八仙之首

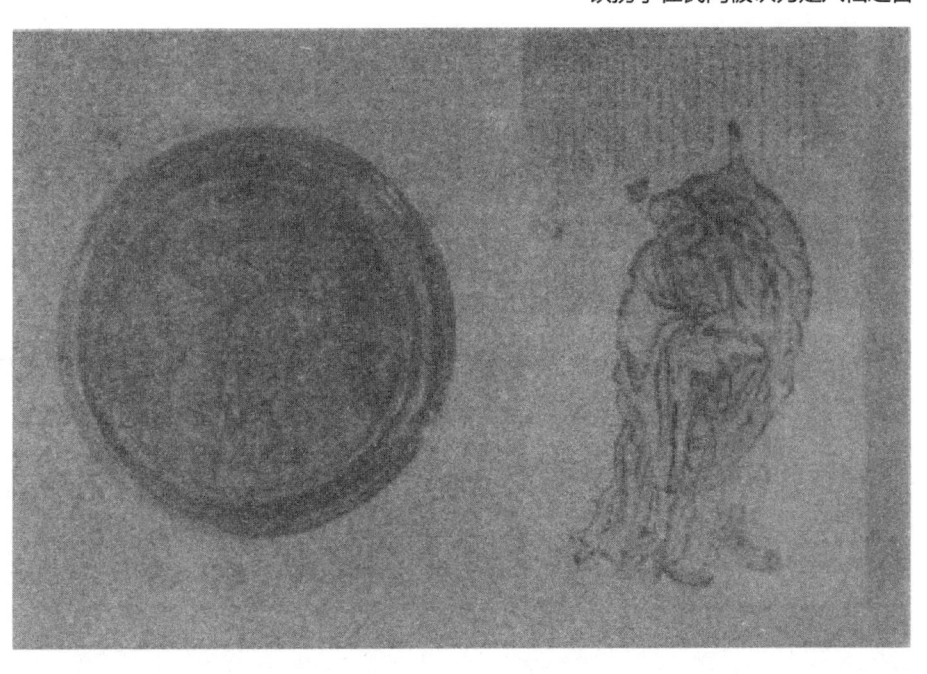

与八仙相关的神话传说

伙计,今天轮到我请客,走吧,走吧!"红脸老翁一指苏东坡:"这儿还有一位呢。"老乞丐看了苏东坡一眼说:"那就一块儿来吧。"苏东坡看那老乞丐是要多脏有多脏,破衣烂衫都脏得看不出颜色来,脸上的油垢厚得能揭下一层。本来不想跟着去,可一想到方才对下棋老翁的疑心,也就跟随着去了。上了蓬莱阁,见阁上已经先到了七位,有高有矮,有胖有瘦,其中还有个女的。高腿四方桌上摆着两个小锅、一方年糕。老乞丐对那几个人说:"今天也没有什么好招待的,就弄了三样小菜,诸位凑合着吃吧!"苏东坡探头一看,一条半生不熟的死狗,一个眼歪嘴斜

蓬莱阁远眺

山东蓬莱八仙过海口

的死孩子，一方长满霉醭的年糕。这伙人谁也没客气，抓起就吃，吃得津津有味，还连说好吃、好吃。苏东坡只觉得恶心，特别是那死孩子，让这伙儿人你扯胳膊我拽腿，血淋淋的，看得实在是让人心惊肉跳。他本想尝尝那方年糕，可一看沾上了血腥气，又打消了念头。那两位白发老翁倒是直让苏东坡，可苏东坡哪敢吃？眼看着人家狼吞虎咽地吃完了，纷纷离去，只剩下下棋的两位老翁。老翁把苏东坡招到跟前，问道："你猜我俩是谁？"苏东坡摇摇头。红脸老翁说："我是南极仙翁，他是北极星君。刚才在座的那八位,就是你要寻访的八仙。桌上的那三样菜我也告诉你吧:那死狗是万年寿狗;那死孩子是千年人参;那发霉的年糕是寿糕。吃一口多活一百岁,吃两口多活两百岁……铁拐李为弄这三样东西费不少事哩!"说完,两位白发老翁倏地不见了。

听两个老翁这样一说,苏东坡那真是后悔得什么似的,怎么刚才就不硬着头皮吃一点呢!

(二)八仙与蓬莱阁

据古书记载,海上有三座神山:一座是蓬莱,一座是方丈,还有一座是瀛洲,其中蓬莱位居第一。蓬莱阁坐落在蓬莱市的丹崖

山东蓬莱阁一景

山上，在渤海和黄海的交界处。蓬莱在古时称为登州，每年春夏之交的时候，常有"海市蜃楼"奇景出现，因此这个地方就被当做是仙境，许多皇帝都来这个地方观海，希望在这能求得长生不老之药。有一次，汉武帝来此观奇，也不知道是他运气不好还是天气条件不合适，他是左等右盼也没看到"海市蜃楼"出现，他为了给自己解嘲，便把这个地方叫作"蓬莱"。因为是皇帝命名的，由此便叫开了。

开始的时候我们说的八仙过海这个传说的出处实际上就在这里。他们八人来到这里要渡海，是以自己手中的法宝顺利渡

蓬莱阁丹崖仙境

过的。八仙的法宝实际上与古人征服海洋的历程有关,铁拐李的"拐"实际上是独木舟的缩影,张果老的驴,应该是驴皮筏子,而驴皮筏子是古人在水中常用的东西。据《明皇杂录》中说:"果乘一白驴,日行数万里,休则折叠之,其厚如纸,置于巾箱中;乘则以水噀之,还成驴矣。"这实际上说得已经很明显了,就是筏子,筏子当然倒坐正坐都行了。

对于"八仙过海"当地还有另一种说法:蓬莱阁对面有一长岛,是宋朝以来流放犯人的地方。岛上管制犯人的方法非常残酷,有一个规定,就是限定岛内犯人名额不可超过

八仙入海口风景

山东蓬莱阁一景

三百人，原因是当时的口粮只够三百人食用，但四方押来的人犯却源源不断，如果一旦超过三百人，超过的部分就统统投入大海。这一制度直到清朝才废除，"八仙过海"是借岛上冒死越狱泅渡的犯人们的故事演化而来的，从这一角度来看，好像也合乎情理。

（三）九顶会仙山

蓬莱城西南三十多里处有座蔚阳山，山上有九座山峰，形态各异，有大有小，民间传说这九座山峰也与八仙有关。相传，某年三月初三八仙去蓬莱阁聚会，路过蔚阳山时被秀丽的景色所吸引，于是八位仙人便纷纷

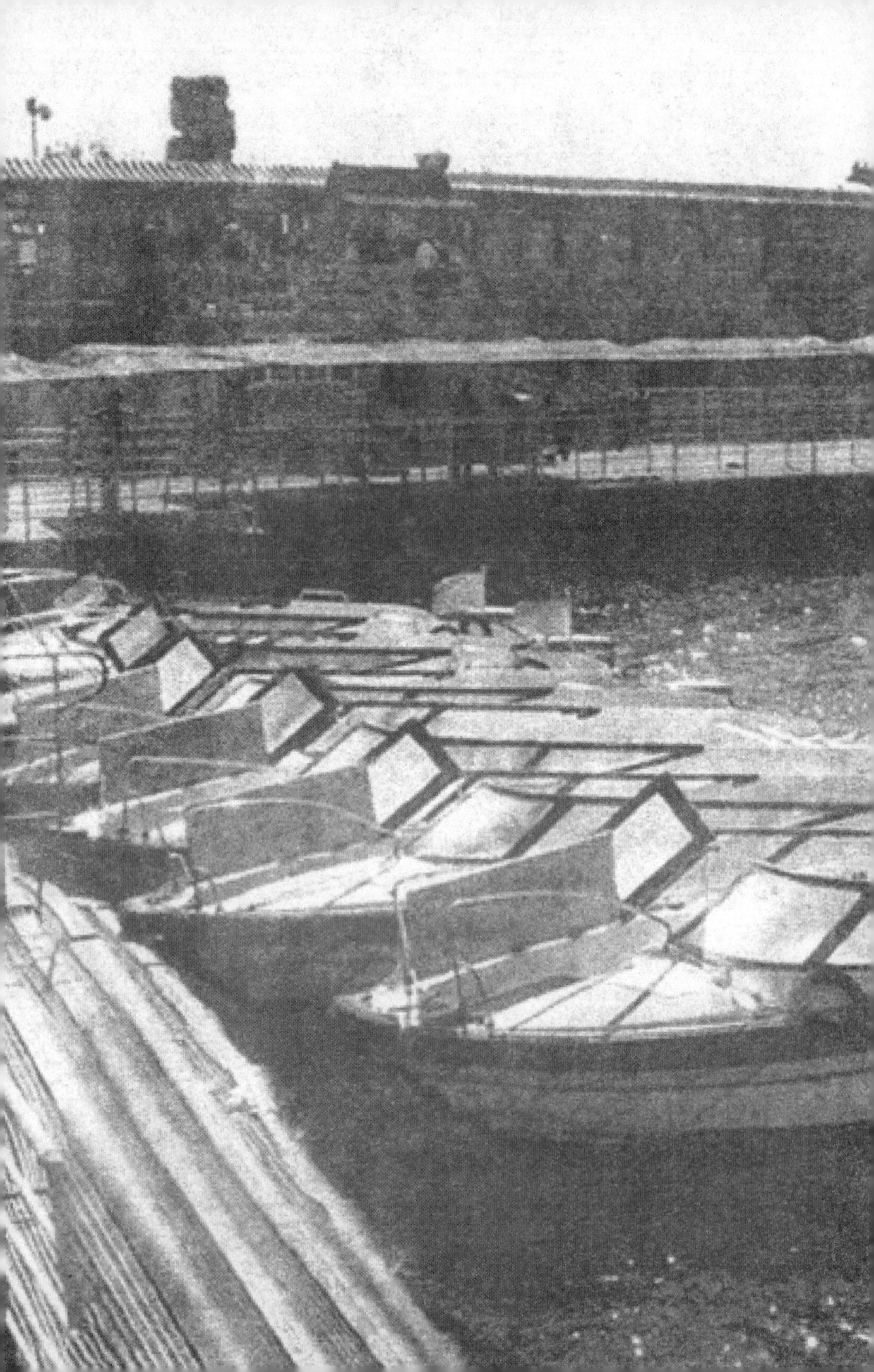

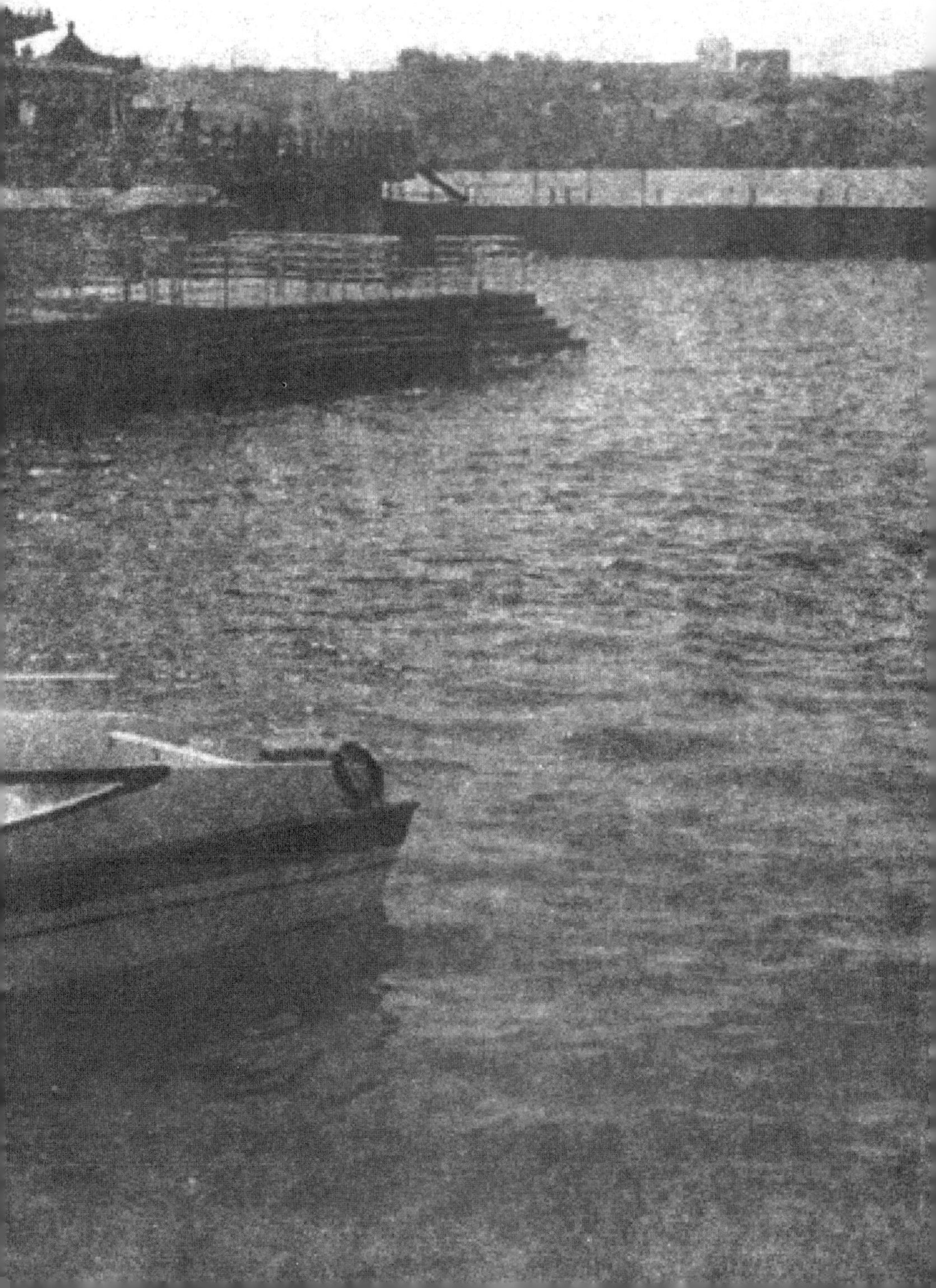

按落云头，饱览山光水色。吕洞宾兴致勃勃地脱下道袍蒙在一方大青石头上，施展法术变出酒席，众仙席地而坐，一边欣赏山景，一边推杯换盏畅饮起来，不一会儿都有了醉意。这时铁拐李倚着宝葫芦，醉眼迷离地说："此番过海访友，诸位只需躺在我这宝葫芦上，忽忽悠悠，一会儿就过去了……"张果老瞪着醉眼，不服气地说："谁稀罕你那破葫芦，俺倒骑着毛驴，一拍驴，噢的一声就过去了。"其他几位也纷纷夸耀自己的能耐。看着吵不出个结果来，汉钟离便腆着个大肚子站出来说："今天过海，大家还是各施法力，请太上老君来评判。看看谁的能耐大，到时

张果老倒骑驴

也便有了分晓。"一听这话，吕洞宾便摘下道冠，恭恭敬敬盘膝而坐，双目微合，默运神功，一缕青烟自他的头上冉冉升起，化作一道金光，直上云霄。约莫一袋烟的工夫，西南天空飘来一朵祥云，太上老君骑着青牛来了。八仙忙敛起醉态，肃立恭迎。太上老君降下云头，问道："洞宾急急忙忙地发金光请我，为了什么事啊？"吕洞宾上前躬身禀报说："师祖，小徒等人有一事难决，烦劳大驾。"于是便把比试法力的事说了。太上老君听后，沉吟了一会说："渡水之术乃区区小技，何足道哉！尔等修行之人，怎可轻起争雄好胜之心？"一听太上老君这样说，八位神仙真是个个面有愧色。老君又说了："随缘行善，广布福泽，乃修道正途。这个地方风光秀丽，你们怎么不施展各自法术，为凡间造福？"八仙顿时大悟，一齐上前谢恩。随后，只见吕洞宾口中念念有词，宝剑一指，喝一声"起"，一座陡峭山峰赫然而现。张果老抖擞精神，倒骑着毛驴兜了一圈，一座怪石横生的山峰呈现眼前。接着，铁拐李、汉钟离、曹国舅、韩湘子、何仙姑、蓝采和也都相继施展法术，各造了一座山

八仙人物皮影

唐槐

峰。太上老君见了，满心欢喜，说道："你们暂且站在一边，等我也造上一座，也算不虚此行。"说罢，手中拂尘一挥，一座高峰拔地而起，峥嵘崔嵬，莽莽苍苍，壮美远在其他山峰之上，让众仙赞叹不已。待八仙回过神来，太上老君已跨上青牛往兜率宫去了。

这就是蔚阳山九峰的来历。后来还形成了每年三月初三的"九顶山庙会"，山门前耸立的两块龙头巨碑的碑文中，就有"九顶会仙山"的记载。

（四）唐槐

这个传说是将植物与八仙扯上了关系。蓬莱丹崖山天后宫院内有棵唐代的槐树，但相传很早以前并没有这棵"唐槐"。八仙到了蓬莱后，铁拐李和张果老（一说吕洞宾）在这个院内下棋，烈日当头，无以遮蔽。铁拐李遂从他的葫芦里倒出一粒种子埋在地下，施展法术，念动咒语，转眼间地面发出绿芽，很快长成一棵大槐树，枝叶繁茂，树冠如伞，二仙就在此树下继续下棋。据称，此树自长成后就没有任何变化。因是仙人施法生成，所以不再继续长，也死不了，总是这副模样。清道光年间天后宫失火，一夜之间烧毁庙观三十余间，而这棵唐槐却幸免于难，不免让人浮想联翩，莫非这棵槐树真是八仙所栽。此外，蓬莱

唐槐与八仙有着千丝万缕的联系

境内关于八仙的传说还有很多，不过大多跟风物地名来历有关，如"铜井""南天门""太和庙""耍祖庙""仙人洞""扁担石""四眼井"等等，如果我们能有机会亲自去蓬莱一带游历一下，深入蓬莱民间听一听老百姓讲述的民间故事或许会更有意思呢。

（五）八仙传说对老百姓生活的影响

在中国历史上，有关八仙的文学艺术作品可谓比比皆是，甚至在过去新娘出嫁所乘的轿子上以及印糕上，都可以看到形态各异、栩栩如生的八仙造型。明代出现的青花

八仙入海口

八仙盘银绣

瓷瓶上有以西王母为中心的图案，其中也有八仙祝寿的场面。在民间，有一种颇为人们所喜爱的方桌叫"八仙桌"，凡此种种，说明八仙在人们心目中具有深刻的影响。

古拳家根据八仙的传说和个性特点，创编了以"八仙"命名的各种拳械。如"八仙拳""醉八仙""八仙剑""八仙棍"等。

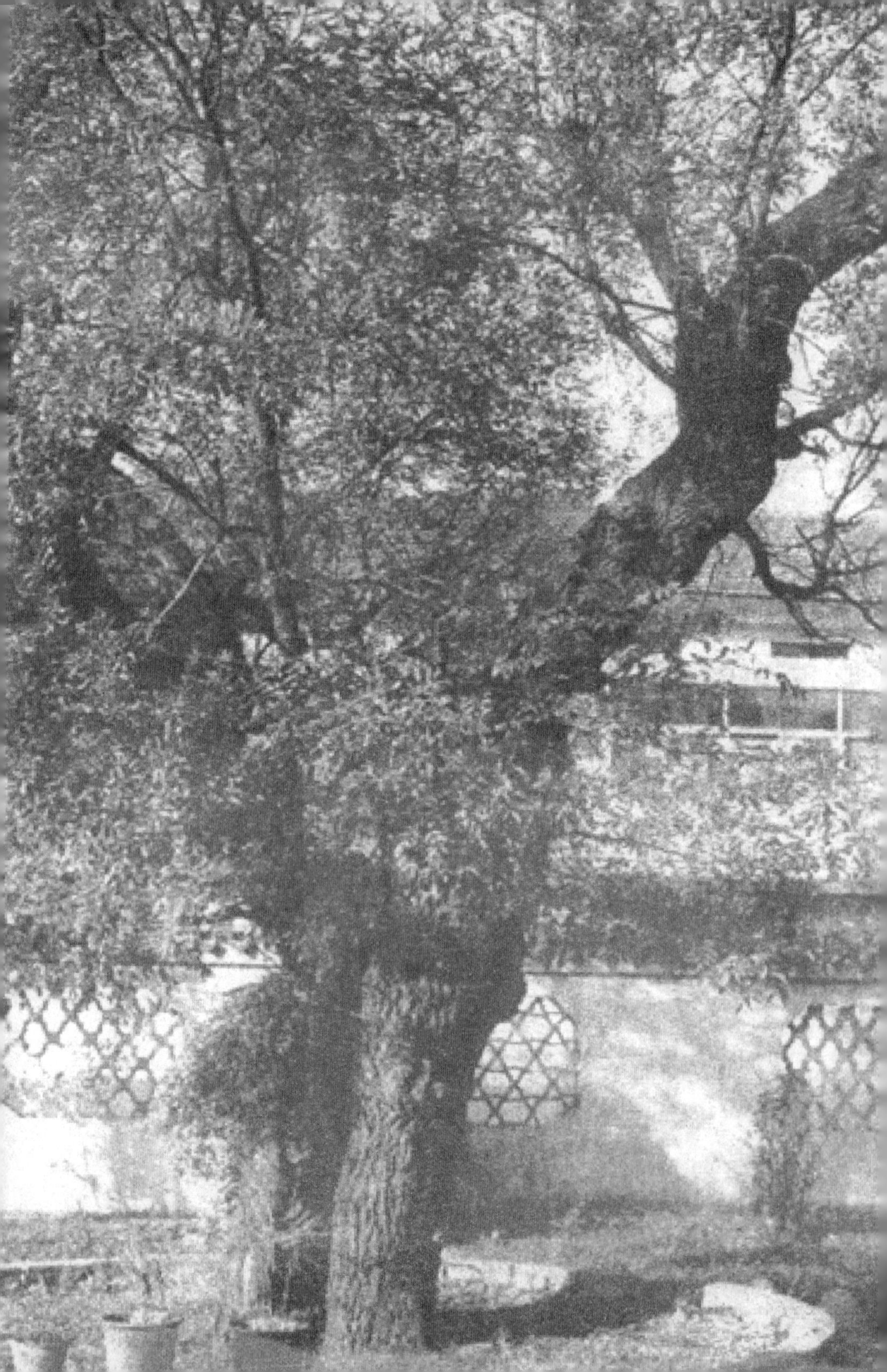

五、八仙传说对中国老百姓生活的影响

蓬莱入海口近景

（一）渔民忌讳"八仙过海"

"八仙过海，各显神通"，是人们对各行各业有成就的人的褒奖。可是在海边，渔民都忌讳七男一女同船共渡。若出海时未发现，到了海上才知是七男一女同船出海，船老大就故意说："今天船上有九个人"，另一个指的是船关菩萨，以这样的说法破解。为什么渔民会忌讳七男一女一同出海呢？据传同八仙过海的故事有关。

我们开始时说过了八仙过海的故事，说他们八位神仙去赴王母娘娘的蟠桃会，去时大闹了东海。其实，在老百姓的传说中，回

人间仙境蓬莱阁

来时他们也没消停。他们参加完王母娘娘的蟠桃会，一个个喝得醉醺醺的，出了天庭，飘飘然来到东海边上，不知这八仙中的哪一仙忽然记起东海里有蓬莱、方丈、瀛洲三座神山，顿时游兴大增，七嘴八舌议论道："我们游遍了人间仙境，却至今不知海中三神山到底如何，不如今日乘兴渡海去游玩领略一回如何？"这一提议立即得到了一致赞同。

说时迟，那时快，铁拐李说了一声："看我的"，只见他把拐杖"哗啦"一挥，往海面一划，拐杖顿时化作一只龙船，八仙

八仙传说对中国老百姓生活的影响

威海蓬莱一景

先后登船，风帆鼓荡，顺水向东海驶去。

海上天蓝水碧，面对一派美好风光，八仙喜上心头。韩湘子吹起了五彩箫管，曹国舅敲响了古铜色的阴阳板，张果老打起凤阳鼓，蓝采和跳起花篮舞，吕洞宾舞起宝剑，何仙姑唱起小调，汉钟离、铁拐李在一旁击节拍掌。顿时，万顷东海莺歌燕舞，风生浪涌。

正巧这一刻，东海龙王的第七个儿子，人称"花龙太子"在东海闲逛，忽见仙乐阵阵，有条雕花龙船上坐着八个仙骨道貌的人，其中有个女仙，艳若桃花，音如百灵。"花龙太子"看得如痴如醉，暗暗发誓，非把她抢到手不可。突然间，海上狂风大作，巨浪翻滚，顷刻间将雕花龙船打翻，八个仙人落入了海里。

众仙纷纷施展各自法宝。张果老骑上毛驴背，曹国舅脚踏阴阳板，韩湘子拿仙笛当坐骑，汉钟离铺开蒲扇垫脚底，铁拐李抱住宝葫芦，蓝采和跳上了小花篮，吕洞宾则跨上了宝剑，唯独不见何仙姑身影，原来，她被"花龙太子"抢到龙宫里去了。

吕洞宾将阔袖一甩，收回宝剑，划出一道金光，带领众仙杀向龙宫。就这样，众仙

蓬莱渤海口的渔船

八仙传说对中国老百姓生活的影响

与"花龙太子"展开了一场恶斗。最后,黔驴技穷的"花龙太子"变作一条巨鲸,想一口吞下七仙,想不到蓝采和从半空中抛下一只铁制大花篮,紧紧将巨鲸的头套住了。由"花龙太子"所变的巨鲸无计可施,只好化作一条小海蛇,落荒而逃,向龙王求救。龙王把"花龙太子"骂得狗血喷头,急忙送出何仙姑,并赔礼道歉,最后请来观世音菩萨调解,才饶恕了龙王父子。

"花龙太子"吃了大亏,一直怀恨在心,一有机会,便想报复。从此,见到七男一女同船出海,就以为"八仙"来了,便要兴风作浪,惹是生非。为此,在渔民中就传下这

蓬莱仙境牌坊

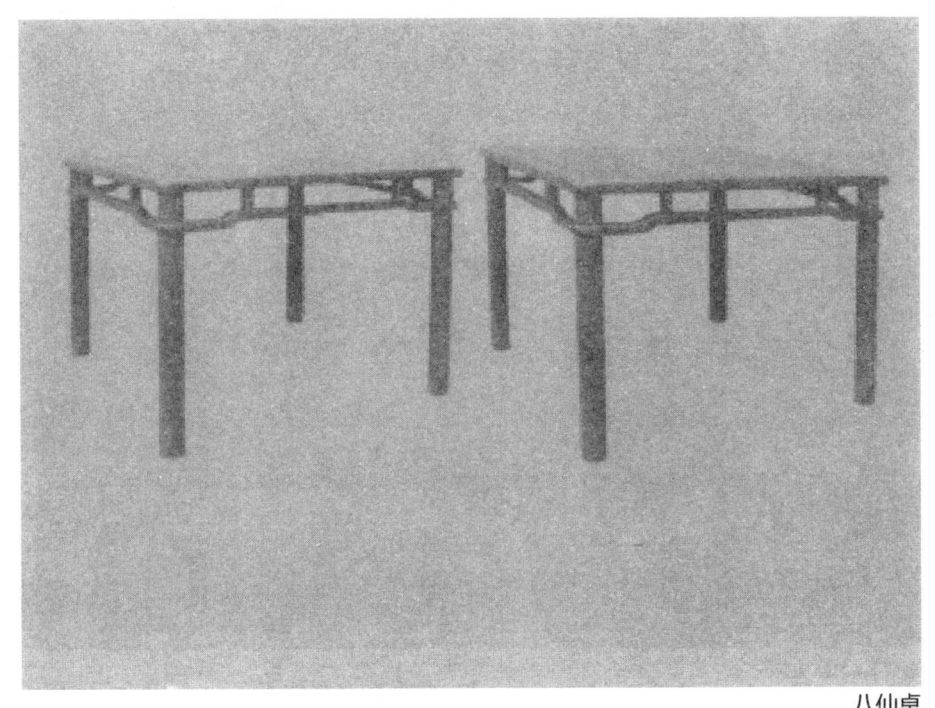

八仙桌

么一个规矩：七男一女不同船。

(二) 与八仙相关的习俗

中国的老百姓对八仙是很熟悉的，在民间许多地方，在那里的图画、戏剧、小说和工艺品上都可以看到他们的身影。随着故事的广泛流传，民间与八仙有关的许多习俗也为大众熟知。

1. 八仙桌

我国江南许多地方都称八个人坐的方桌为"八仙桌"。农村几乎家家户户都有这种方桌，用它来祭祖、敬神和礼佛，平时不用也

雕刻精美的八仙桌

总把它放在堂前显眼的地方。"八仙桌"的来历据说与八仙有关。相传，有一年初春，八仙奉玉帝旨意，前往东海邀请龙王参加宴会，在归途中，他们趁时间还早，便装扮成凡人，下到人间。他们见人世繁华，山川锦绣，便忘记了玉帝的禁令，翻山涉水，穿城过寨，到处游赏。每到风景秀丽的高山大岭，他们便坐下来休息。可是山岭上没有凳子、桌子，八位大仙就各显神通就地取材，利用山上的石头，做成石凳，搭起石桌，边喝酒边赏景。这样许多地方就留下了八仙用过的石桌子。

据说人间本来没有桌子，是后来各地的木匠仿照八仙留下的石桌，做成可供八个人坐的

八仙桌

木方桌，才有了今天人们所用的桌子。因它最初是八仙留下的，所以人们叫它"八仙桌"。而至今还留在高山大岭上的那些石桌，有的地方反倒改称为"八仙石""八仙台""八仙坪""仙磴"了。但也有的地方认为"八仙桌"是画圣吴道子所绘。据说八仙因仰慕画圣吴道子之名，飘然来会。吴道子觉得八仙光临，蓬荜生辉，执意要设宴款待他们，但他绘画的洞中没有桌子，便挥毫画了一张方桌，摆在中间并设下八张凳子笑着说："此桌为八仙所绘，那就叫'八仙桌'吧。"

泥人张作品——何仙姑

2. 八仙拳

民间还有八仙拳的故事，传说八仙云游

八仙传说对中国老百姓生活的影响

八仙人物像

四海，到人间悠游玩耍，感叹仙界不及人世，神仙不及凡人。据说"八仙拳"是有一次八仙来到人间喝醉了人间的美酒，与店家争斗而传下来的。它同我国武术的醉刀、醉枪、醉剑和醉棍，并称为"五醉"。

3. 八仙图

"八仙图"是湘绣著名产品，据说是因为湘绣姑娘心灵手巧，绣品绝妙引得八仙来游绣乡，在绣棚上留下了生动绝妙的八仙形象，成为风格独特、名扬四海的工艺品。这类传说故事并不渲染仙人的神机妙算，反倒突出世间凡人的聪明才智，它们表达了劳动

清康熙年间青花香炉上的八仙祝寿图

者热爱生活，富于创造力的生活情趣。

4. 祖师爷

我国民间各行各业，都有自己的祖师爷，并且设坛祭祀形成风俗。相传吕洞宾是理发业的祖师。据说农历四月十四日是吕洞宾的生日，这一天各地理发店都要热热闹闹地为他过生日。吕洞宾被视为理发业的祖师是源于一段传说的，相传明朝时候朱元璋做皇帝，这朱元璋因为是个癞痢头，所以凡有剃头匠被召进宫去，就没有活着从宫里出来的。因为剃头时难免剃痛了朱元璋的癞痢疮，他一动怒便殃及无辜

八仙传说对中国老百姓生活的影响

的剃头匠。

后来这事被吕洞宾知道了,他便化身剃头匠,应召进宫。说也奇怪吕洞宾用那宝剑变的剃刀给朱元璋剃头,即使碰着他头上的癞痢疮他也不感到痛,反而凉飕飕的感到快活。从此以后凡有剃头匠给他剃头,他的癞痢疮就不再感到痛了。在朱元璋统治时期,本来没有人敢学剃头的,后来学的人就多了起来,剃头业也就日渐兴旺发达。他们知道这是吕洞宾祖师的功德和庇佑,所以便倍加感激地把他奉为祖师爷。又因为传说中的吕洞宾深谙医道,具有起死回生之术,因此理发店老师傅也大多懂一些小医术。如刮沙眼、

八仙祝寿图

八仙祝寿龟背钮人物多宝镜

治"落枕风"、刮痧、止血、翻眼皮吹沙等，这自然有利于他们的经营。

5. 祝寿习俗

在我国民间有些地方，祝寿庆贺时要扮八仙敬酒，把八仙和祝寿联系起来，这可能与神仙可以长生不老这一观念有关。祝寿时唱的八仙敬酒歌，又称八仙寿歌，歌词首先唱道："列位尊坐举目留神细听着，细听俺唱一个福禄八仙庆寿歌。富神增福财神都来到，八仙们庆寿呀两边列排着。闪出来四个金字写的本是'合家欢乐'。"接着就唱八位神仙，一个一个唱下

中国手工艺品——葫芦雕刻

去,歌词都是"吉庆有余""寿比南山"之类。这八仙敬酒庆寿的习俗,不仅在民间盛行,就是在宫廷里也一样盛行。据说清康熙五十二年三月十八日,皇帝过六十大寿,张灯结彩,各种大戏轮流上演,臣民随便观看,其中就有《群仙庆寿蟠桃会》《瑶池会八仙庆寿》等民俗戏,据说这种习俗早在南宋时期就有。